LOCUS

LOCUS

LOCUS

LOCUS

catch

catch your eyes ; catch your heart ; catch your mind······

catch 195
戰國武將歷史之旅

作者：陳銘磻
責任編輯：心岱、繆沛倫
美術設計：盧紀君
法律顧問：全理法律事務所董安丹律師
出版者：大塊文化出版股份有限公司
台北市 105 南京東路四段 25 號 11 樓
www.locuspublishing.com

讀者服務專線：0800-006689
TEL：(02) 87123898　　FAX：(02) 87123897
郵撥帳號：18955675　戶名：大塊文化出版股份有限公司
版權所有　翻印必究

總經銷：大和書報圖書股份有限公司
地址：新北市新莊區五工五路 2 號
TEL：(02) 89902588（代表號）FAX：(02) 22901658
製版：瑞豐實業股份有限公司
初版一刷：2013 年 4 月
定價：新台幣 320 元

ISBN 978-986-213-432-0
Printed in Taiwan

國家圖書館出版品預行編目 (CIP) 資料

戰國武將歷史之旅 / 陳銘磻著 . -- 初版 . -- 臺北市：
　　大塊文化 , 2013.04
　　面；　公分 . -- (Catch ; 195)
　　ISBN 978-986-213-432-0(平裝)

　855　　　　　　　　　　　　102005324

戦国武将の歴史と文学探訪

戰國武將
歷史之旅

作者：陳銘磻

目錄

安土桃山的歷史寫真

陳銘磻

　　只要還有人，這個世界的戰爭就永遠存在；人類喜歡你爭我奪，喜歡相互殘殺，為了持有欲望而不斷爭戰，稍為放把火就能引起戰鬥，戰鬥製造仇恨，仇恨生仇恨，然後，又開始戰爭；人類自幾千年前就這樣從夙夜戰慄中活過來，也都寄宿為血腥歷史的一粒塵埃。常常，美麗的花朵明明一直在身邊，但人們卻連察覺的靈魂都喪失了，那是因為人類的欲望不被滅絕，人世間的戰爭就永遠不會結束！

　　讀日本安土桃山年間的「戰國史」、戲作家曲亭馬琴撰著的《南總里見八犬傳》、觀賞以戰國時代為舞台的影劇，無不被將士用兵謀略與征戰氣勢吸引；戰國時代之於日本歷史，是個群雄並起，紛爭權力，各國大名為拓展領土和權勢，使用奇襲妙招，盤據城池，預想成為英傑猛將的亂世。這場歷經一百五十年的戰亂時局，雖則群英並立、庶民凡夫也能殺出頭頂一片天，卻也令人看盡險象環生的人性極醜與極惡的詭譎多面，一如變化多端的世局，悟不透誰才是真英雄，誰又是真梟雄？

　　就因爭鋒亂局、人物眾多，正史和野史傳述的故事益加引人入勝，兼而為後世文學家、企業家、軍事家和政治家提供了取之不竭的靈感，尤有甚者，其層出不窮的精采戰役，更成為後人探究企業經營戰術、政治謀略的樣板、

典範，歷久不衰。如德川家康名言：「我們這些小國，若想要在這個動盪不安的時代生存下去，只有一個辦法，就是讓兩強的勢力保持均衡，誰也不會贏過對方。」「如果一個人不能在第一次見面時，就讓對方知道自己的長處，那又有甚麼用？」再如織田信長所言：「在膽小鬼的眼中，敵人看上去都是大軍。」「所謂靈巧，就是跟別人思考的不一樣。」上杉謙信也說：「武運在天，鎧甲在胸，功勛在腳下。」豐臣秀吉於臨終前則說了句蘊含哲學意味的話，他說：「身隨朝露而生，隨朝露而去，我這短暫一生，如巍巍大阪氣勢盛，也只是，繁華夢一場。」

詳閱戰國史，讀到明智光秀叛變帶領織田軍朝本能寺出陣，攻打主公織田信長時，竟大言不慚喊道：「敵人就在本能寺！」被困本能寺的織田信長，看見敵軍打出水色桔梗家紋的旗幟，冷冷說道：「情非得已。」便喚侍從取來長槍出外迎戰。然而敵軍人多勢眾，信長在陣仗中負傷，侍衛忙喚信長逃脫。他以大勢不妙為由，不肯離去，走回殿內自盡。半生征伐無數的織田信長，最終在「本能寺之變」死於愛將之手，這不正如他自己所說：「今日之友乃明日之敵，是亂世之常。」亂世本無常，究詰史事，卻成為織田信長口中的「亂世之常」，使人讀後不勝噓唏。

戰國時代衍生了織田信長、豐臣秀吉、德川家康三位「天下人」，他們不光是平定盤據全國各地的驍勇梟雄，還徹底改變日本列島長期以來遭受割據的局勢。孰強孰弱？孰贏孰輸？自非三言兩語可詮釋清楚。

有人偏好年輕的織田信長身為織田家當主時，胡作非為，喜好穿著奇裝異服、探究新奇事物，輕視王侯公爵、唾棄傳統禮儀，不把宗教信仰放入眼裡，卻擁有能屈能伸，超乎常人的胸襟。是個象徵理性主義與實力主義的「新型」戰將。「人的一生短短五十年，若與天地相較，像夢境，又像幻影，既一度享有此生，又豈有不滅之理。」這是織田信長出戰桶狹間前，吟唱「幸若舞」的曲目《敦盛》中的一句台詞，不難看出這個特立獨行，有謀略、有膽識，情緒起伏大，敢於破壞，又不斷創新的狂傲奇才，多變的性格。

有人偏愛豐臣秀吉以一介出身低微的平民，依仗才能與努力，擅用察言觀色處世；這個人，能在一夜之間，憑藉少數人力，少得可憐的材料，在尾張國

安土桃山的歷史寫真

和美濃國邊界墨股為織田氏建造一座進可攻退可守的堅固堡壘，終獲桀驁不馴的織田信長賞識重用，從一個農夫破格提拔為武士，繼而成為織田信長身邊不可或缺的智將；乃至步步升遷，登上權力巔峰，縱橫亂世。

有人喜歡德川家康由小小的三河國主起家，以無比的謀略，無情的忍耐，驚人的毅力，機關算盡的奪取天下。人們認為，德川家康是從「弱」、「由弱轉強」到「強」三個階段展現求生存、謀發展、圖壯大的意志。他無異議的承認自己實力弱小，因而在政治上採行低姿態，在戰場上，他了解退一步即無死所，只能「有進無退」的以賭命方式完成心願，德川家康的成功在於擁有「認知力」，「認知」使他從忍辱負重轉進為否極泰來的非凡成就。

不過，也有人認為，若非明智光秀叛變，豐臣秀吉和德川家康兩人將只是織田信長身邊的隨從、跟班，不足一提。

不論織田信長、豐臣秀吉、德川家康、上杉謙信、伊達政宗或各氏家臣、軍師，這些從戰國亂局竄起的人物，叱吒風雲或引領風騷；各懷鬼胎或爭權奪利，無不豐富戰國史記的多樣魅力。讀史或閱覽戲劇，日本戰國時代的史事特別撩人激情。

這本《戰國武將歷史之旅》，便是從讀史、觀影中，因喜歡、好奇，繼而身體力行，走進歷史書籍中，真實地景的寫照，並列舉出與戰國武將大名相關的史蹟、領地、景地，再就這段精采歷史的進程報導，以文學旅行方式，帶領讀者進入戰國時代大名武將的時光隧道，窺探歷史之謎、文學之實，以及風格迥異的安土桃山文化之美。

武將大名立功揚名的舞台

第一話　天下戰國の上

人的一生短短五十年，
若與天地相較，
像夢境，又像幻影。
　　——織田信長吟唱《敦盛》
　　　　　　中的一句台詞。

以強權爭奪天下的一百多年

坐落在岐阜車站前
的織田信長雕像

「戰國」並非正式的歷史名詞，「戰國時代」是用來稱呼從一四六七年足利義政主政的室町時代，爆發「應仁の亂」，導致室町幕府覆滅，直到德川家康在「大坂夏の陣」（註）擊敗豐臣秀賴，奪取天下，那一段群雄割據、政局紊亂、社會不安的一百多年歷史。史稱「安土桃山時代」。

　　這段戰火連連，強權爭奪天下大位的時代，以幕府將軍和分封在各地的守護職，統治威信沉淪，日漸衰敗，其控制全國大名的能力逐漸破壞殆盡，原本輔佐守護的守護代、各地土豪，甚至平民武士，紛紛崛起，進而稱霸一方，以至於形成每個人都有可能躍身掌控天下的領導者。

　　戰國時代既是日本歷史的一段進程，簡稱「戰國」二字的辭彙出自甲斐國（今山梨縣）大名武田信玄所制定的分國法「甲州法度次第」第二十條；開頭記載：「天下戰國の上は」。也就是說，身處在被後世人稱「戰國時代」的人，已然認知到自己正身處「如今

兵庫縣有馬溫泉親水公園附近的
豐臣秀吉雕像

是戰國之世」的事實。

　戰國時代，也是日本與歐洲進行貿易交流最旺盛的時期，基督教和火槍的引進，改變了社會和戰爭型態。甚而到了戰國中、後期，過去屬於封建制度的農奴地主關係、土地運用，也逐次變質，繼而遭到破壞。

　以織田信長為首的各國大名，順應時局變化與戰事需求，意圖擺脫以往兵農合一的社會制度，改採以現金僱用職業軍兵為其作戰。各諸侯的國人土豪串組聯合體制，轉型變成極權獨裁的軍國政體。於是大規模的會戰成為常態，每一時每一日，所見所聞都是大小戰役的場景。

　混亂局勢超過了百年的戰國時代，出現不少能征善戰、影響政局的著名武將大名和家臣，包含大內義興、三好長慶、毛利元就、北条早雲、北条氏康、今川義元、上杉謙信、武田信玄、織田信長、豐臣秀吉、德川家康、伊達政宗、上杉景勝、直江兼續、明智光秀、石田三成、真田幸村、片倉景綱等。

　室町幕府雖被織田信長驅逐而致滅亡，但各地守護大名，有的受到國一揆暴動挑戰，有的被下階的守護代取代，甚至因宗教信仰起事遭推翻。由是，「以下剋上」的風潮瀰漫整個戰國時代，形成這個紛亂世代最大的特色。

註：明治時代之前的「大阪」稱「大坂」。

應仁の亂，室町覆滅

一三三三年，源賴朝建立的鎌倉幕府被新田義貞攻滅，後醍醐天皇重新成為君主，但好景不常，三年後，室町幕府第一代征夷大將軍足利尊氏攻進京都，擁立光嚴天皇繼位，創建「室町幕府」，後醍醐天皇從幽禁地花山院逃到大和國的吉野（今奈良縣吉野郡吉野町），設南朝，史稱「吉野朝」，又稱「南北朝」時代。

足利義滿擔任第三代室町幕府將軍期間，強勢統一了南北朝，足利氏對勢力強大的守護大名進行壓制，改革政體，設「三管四職」，確立幕府中央集權；同時還建造了金閣寺（鹿苑寺），為室町時代北山文化的代表作。足利義滿在任期間，是室町時代政治、經濟和文化最強盛時期。到了第六代將軍足利義教雖有意恢復其政策，但在「嘉吉の亂」中遭赤松滿祐暗殺，改革停止。直到第八代將軍足利義政也試圖恢復足利義滿的政策，卻因爆發「應仁の亂」而致無疾而終。

當時，身兼三國守護的赤松滿祐在京都家中刺殺足利義教，遭到同為四職之一，身兼五國守護的山名宗全率部討

第三代室町幕府將軍足利義滿畫像（金閣寺藏）

織田信長畫像（落合芳幾繪）

伐擊敗。戰後，幕府以山名氏平亂有功，授與赤松氏所屬的三國守護，山名氏的勢力成長到八國守護，一躍而為西國最大勢力。

隨著山名氏崛起，身兼八國守護與和泉半國統治的細川氏，聯合山名氏對抗同為三管領的田山氏。不久，田山氏衰敗，細川、山名兩家之間的衝突隨之浮現，雙方對立的情況更加嚴重。兩軍對峙，除九州等部分地方以外，戰火遍及其他國土。期間，饑荒和自然災害接踵而至，尤以一四六一年的「寬正大饑饉」，京都受害嚴重，據稱，賀茂川上經常漂流餓死者的屍體。然而，足利義政卻只顧建造邸宅和庭園，鎮日沉迷在猿樂與酒宴中，不理政事，惡名昭彰到了無以復加的地步。

應仁元年（一四六七）一月十七日，「應仁の亂」爆發，各守護分別選邊支持，形成東軍細川聯軍與西軍山名聯軍的大混戰。

戰事開始，東軍爭取到天皇與幕府將軍支持，且聚合眾家兵力，開戰不久，占盡優勢。到了七月，中國地方四國守護大內政弘率領萬餘軍隊援助西軍後，戰況改變，再加西軍擁立足利義政之弟足利義視與天皇抗衡，使得整個戰局陷入膠著，並擴大為全國戰爭。

隨著兩軍領袖相繼去世和幕府將軍繼承糾紛，雙方和解，歷經十年的「應仁の亂」宣告結束，但幕府威信卻遭重挫；直到明應二年（一四九三），一場足利將軍廢立事件引起的「明應の變」，使得近畿動盪不安，關東局勢大亂，各國大名崛起，將軍的詔令無人服從，以下剋上的新興勢力崛起，舊有豪門之間的對立未曾停歇，全國陷落在群雄搶奪的亂局之中。

中國方面，出雲守護代尼子氏篡奪守護京極氏實權，後來，尼子經久取代京極氏，成為出雲守護。尼子經久生前，尼子氏擴張成與因海外貿易而興盛的大內義興並駕齊驅，勢力達十一國。

在雙雄爭霸過程中，安藝國人毛利元就採取牆頭草策略，吸收尼子、大內的力量，再

第八代室町幕府將
軍足利義政畫像
（土佐光信繪）

趁大內氏內亂，於「嚴島會戰」中擊敗大內氏權臣陶晴賢，成為新霸主。

此外，美濃守護土岐氏亦遭重臣長井規秀驅逐而致敗亡，長井規秀繼承齋藤氏，改名齋藤秀龍，法號「道三」，也就是織田信長的岳父齋藤道三。

東海方面，尾張守護斯波氏大權旁落，由守護代岩倉與清洲兩織田氏取而代之，而清洲織田氏旗下重臣織田信定、信秀父子日後取得實權，在織田信長繼承家業後，完全取代斯波氏、岩倉織田氏與清洲織田氏，成為尾張國之主。

在「明應の變」中被細川氏罷黜將軍一職的足利義材，得到中國大名大內義興支持，推翻足利義澄，改名足利義稙，復職為將軍。足利義稙膝下無子，認養前將軍義澄次子足利義維為養子。

一五一八年，大內義興返回所屬領國，失去庇護的足利義稙不敵管領細川氏，辭去將軍一職，由前將軍義澄長子足利義晴接任。但義晴與細川晴元長期失和，一五四六年辭退將軍一職，由長子足利義輝接任第十三代將軍。足利義輝立志重振室町幕府聲威，不但多次積極調停諸大名之間的爭擾，更邀請上杉謙信、織田信長等大名上洛謁見幕府將軍。

這時，細川氏遭權臣三好長慶奪權，把幕府當作傀儡，掌握實權，成為有力大名之一。三好長慶死後，重臣松永久秀、三好三人眾決定罷黜足利義輝，一五六五年，松永久秀所屬叛軍包圍二条御所，足利義輝雖曾得到劍客上泉信綱與塚原卜傳等人傳授劍術，擁有「劍豪將軍」美名，依舊寡不敵眾，遭弒殺，叛軍擁立足利義維之子義榮為第十四代將軍。足利義輝死後，室町幕府完全失去實權，直到滅亡。

戰國登場，群雄割據

織田信長為尾張國（今愛知縣北部）大名。他以尾張國戰力，在「桶狹間の戰」調遣三千軍兵擊敗領有駿河、遠江、三河三國，率領約兩萬五千大軍的名將今川義元而崛起。戰後，他選擇和三河國的德川家康結盟，把擴張領土的目標放在大名齋藤龍興統治的美濃國之上。

織田信長初期攻略美濃國的進度遲緩，直到成功促成齋藤氏重臣美濃三人眾倒戈，局勢才開始有了轉變。一五六七年，信長攻陷美濃稻葉山城，將稻葉山城改名岐阜城，並製作「天下布武」朱印（以武家的政權來支配天下），展開統一日本之路；隔年，擁立室町幕府第十五代將軍足利義昭，在盟友淺井長政的幫助下，完成上洛目標。

一五七〇年，足利義昭不滿織田信長無視幕府威名，暗中與本願寺顯如、武田信玄、上杉謙信、毛利元就、淺井長政、三好三人眾與朝倉義景等大名勾結聯盟，形成「信長包圍網」，準備對抗並消滅信長。

一五七一年，織田信長以比叡山延曆寺包庇與其敵對的淺井、朝倉兩大名，不由分說的殺進山中，將比叡山延曆寺焚燬，此舉引來武田信玄等人不滿。

一五七二年，武田信玄發動軍隊攻打德川家康的根據地遠江國、三河國，以圖進京，並在三方原擊敗德川、織田聯軍。隔年五月，

滋賀縣八幡市展示
氣派恢宏的安土城
模型

武田信玄於信濃國駒場病故，死前決定繼承人為長孫武田信勝，並由信勝之父武田勝賴擔任陣代一職。

一五七三年，織田信長與幕府將軍足利義昭正式決裂，信長進攻幕府所在二条御所，逮捕義昭，將其流放到河內國若江城。室町幕府宣告滅亡。戰國時代前一百年的室町時代就此劃下句點，歷史進入安土桃山時代。

幕府滅亡後，信長消滅淺井、朝倉兩家，強逼伊勢國司北田具房將家督讓給信長之子北畠具豐，並平定三好、松永等南近畿勢力。不久，織田信長在近江興建安土城，作為織田政權的象徵。

一五七五年，武田勝賴率軍攻擊三河長篠城，與織田、德川聯軍在三河設樂原展開「長篠の戰」，戰敗的武田氏折損諸多重臣，一五八二年滅亡。武田氏敗亡後，信長以近畿為中心，向四周快速擴張，卻於一五八二年六月二日在京都遭遇「本能寺の變」，重臣明智光秀率軍叛變，信長與嫡長子織田信忠、侍童森蘭丸先後陣亡。

信長家臣豐臣秀吉得知明智光秀叛變後，立即從中國地方返回近畿，聯合其他重臣於「山崎天王山合戰」擊敗明智光秀，並在決定織田氏繼承人的清洲會議，支持信忠之子織田秀信繼位。未幾，豐臣秀吉擊敗反對他的織田舊臣，織田信長過去所建立的根基，全被秀吉接收。

後來，豐臣秀吉在「小牧・長久手の戰」跟德川家康議和，並在石山本願寺舊址建造大坂城。一五八五年任關白，一五八六年受賜姓豐臣氏且就任太政大臣，奠定豐臣政權。

豐臣氏歷經紀州、四國和九州征伐，使長宗我部家、島津家降

服，又於一五九〇年包圍小田原城，擊敗後北条氏，使東北大名降服，完成統一日本的壯舉。隔年，秀吉將關白一職讓與養子豐臣秀次，自稱太閤，以世襲方式宣示豐臣政權。

一五九二年，太閤秀吉為平息國內土地不足分封的問題，決定出兵攻打明朝，因而向朝鮮提出「假道入明」的請求，卻遭朝鮮國王拒絕，使秀吉決定先攻下朝鮮，再併吞明朝。四月，秀吉派遣十六萬大軍前進朝鮮，揭開「文祿の戰」序幕。豐臣軍在戰爭初期處於優勢，只花一個月時間便攻陷朝鮮首都，驅逐國王李昖。李昖遣使向宗主國明朝求援，豐臣軍在海陸受挫下被迫跟明朝議和，一五九五年，文祿之役在雙方議和下結束。

一五九七年，秀吉再次出兵攻打朝鮮，謂之「慶長の役」。同年二月，明朝出兵支援朝鮮，兩軍對峙，一五九八年七月，太閤秀吉在京都伏見城病逝，進攻朝鮮的部隊在五大老令下撤退。文祿之役和慶長之役，讓豐臣氏消耗過多財力、軍力，導致成為後來德川家康取而代之的主因之一。

豐臣秀吉病逝，豐臣氏立其幼子豐臣秀賴繼任家督，全國陷入混亂。自朝鮮半島撤返的豐臣氏諸將對以石田三成為首的五奉行大表不滿，試圖起兵暗殺；另一方面，五大老之首德川家康私結諸侯，任意分封領地，激起另四位大老不滿。

一五九九年，五大老中最具影響力的前田利家病逝，豐臣氏與德川氏關係迅速惡化。一六〇〇年，德川家康藉上杉氏重臣直江兼續的訴狀「直江狀」為由，起兵征討上杉景勝。豐臣氏家臣石田三成以德川家康違反私戰禁令，召集各地大名於大坂城發表「內府違反條文」，起兵討伐德川氏；德川家康將上杉戰事交給次子，親率大軍與支持他的豐臣武將回師對抗，兩軍主力在近江一帶進行「關原合戰」。最後，石田三領導的西軍敗給德川軍，德川家康正式取代豐臣氏的政權。

一六〇三年，德川家康獲得天皇賜與征夷大將軍一職，正式成立江戶幕府；德川家康不顧兩家密切的聯姻關係，決心斬草除根，藉機消滅財力豐厚的豐臣氏。

京都坂本西教寺矗立有
明智光秀辭世的句碑

一六一四年，德川家康以豐臣氏重建方廣寺，「梵鐘銘文」上出現「國家安康，君臣豐樂」的文句大做文章，指責豐臣氏詛咒德川家康，脅迫豐臣秀賴交出淀殿到江戶城為人質並退出大坂城。豐臣氏斷然拒絕，並積極召集浪人與流亡大名約十一萬人，且儲備糧食以備長期抗爭。德川氏不遑多讓，召集了二十多萬大軍對大坂城進行包圍，是謂「大坂冬の陣」。

　　翌年五月，德川家康再度出動軍隊討伐大坂城，史稱「大坂夏の陣」，最後，大坂城遭德川氏攻陷，豐臣秀賴母子自盡，德川家康對豐臣一族趕盡殺絕，豐臣氏滅亡。

　　自一四六七年「應仁の亂」以來，混亂了近一百五十年的戰國時代，終焉結束。

　　一生南征北討奔馳沙場的戰國武將大名，無論武功高低，心中始終高懸一匡天下的野心，歷史學家評道：「如果把日本統一看成是一塊餅，織田信長是種麥的人；豐臣秀吉是將麥拿來做成餅的人；德川家康則是享用這塊餅的人。」

　　戰國亂局，最後底定在一個能忍耐、肯等待、不急切，具有深謀遠慮的野心家德川家康手中，就如德川氏遺訓所言：「人之一生，如負重遠行，不可急於求成。」他便是這樣一個能認清人性與時局的聰明人，「虎是山野中的野獸，不向雲間的龍挑戰，要一直等到龍下到地上，虎才會開始跳躍。」他的江山不就是如此得來的嗎？

戰國時代重要戰役

　　戰國時代始於一四六七年的「應仁の亂」，但結束時間有以下
幾種說法：

● 一五六八年織田信長上洛（進入京都）成功。

● 一五七三年織田信長攻陷二条御所，室町幕府滅亡。

● 一五九〇年豐臣秀吉消滅關東地方的後北条氏，降伏東北地方各
　大名，完成日本統一。

● 一六〇三年德川家康創立江戶幕府。

● 一六一五年德川家康於「大坂夏の陣」擊潰豐臣秀賴，豐臣氏滅
　亡。

日本年號	西元	發生事件（日本古曆）
應仁元年	1467	◎應仁之亂始（1.18）　◎大內氏參與西軍（7.3）
文明五年	1473	◎山名宗全歿（3.18）　◎細川勝元歿（5.11）
文明九年	1477	◎應仁之亂終（11.11）
文明十年	1478	◎享德之亂終
文明十三年	1481	◎一休宗純圓寂（11.21）
文明十六年	1484	◎堺港的商業工會結成（11.21）
文明十七年	1485	◎山城國一揆爆發（12.11）
長享二年	1488	◎一向宗控制加賀國（6.9）　◎長享之亂始（2.5）
延德元年	1489	◎將軍足利義尚歿（3.26）
延德二年	1490	◎足利義稙繼任征夷大將軍（7.5）

明應二年	1493	◎明應之變（4.22）◎山城國一揆被平定（9.11）
永正五年	1508	◎足利義尹重任幕府大將軍（8.15）
永正十六年	1519	◎北条早雲歿（8.15）
大永元年	1521	◎足利義晴繼任征夷大將軍（12.25）
享祿元年	1528	◎大內義興歿（12.20）
天文十二年	1543	◎火槍傳入日本（8.25）
天文十五年	1546	◎河越夜戰（4.20）◎扇谷上杉氏滅亡（4.20）
天文十八年	1549	◎攝津江口合戰（6.24）◎細川氏滅亡
天文廿一年	1552	◎第一次川中島合戰（8月）
天文廿三年	1554	◎武田、北条、今川三家同盟
弘治元年	1555	◎嚴島之戰 ◎第二次川中島合戰（7.19）
弘治三年	1557	◎大內氏滅亡（4.3）◎第三次川中島合戰（8月）
永祿三年	1560	◎桶狹間之役（4.20）◎今川義元戰死（4.20）
永祿四年	1561	◎第四次川中島合戰 ◎長尾景虎接任關東管領
永祿五年	1562	◎織田、德川清洲同盟（1.11）
永祿七年	1564	◎第五次川中島合戰
永祿八年	1565	◎永祿之變—將軍足利義輝被松永、三好聯軍圍攻自殺（6.17）
永祿十一年	1568	◎足利義榮繼任征夷大將軍（2.8）◎織田信長上洛（9.7）◎足利義昭繼任征夷大將軍（10.18）
永祿十二年	1569	◎今川氏滅亡（5.23）
元龜元年	1570	◎　川之戰
元龜二年	1571	◎毛利元就歿（7.6）◎織田信長火燒比叡山延曆寺（9.12）
元龜三年	1572	◎三方原合戰
天正元年	1573	◎武田信玄歿（4.12）◎室町幕府滅亡（7.18）◎朝倉氏滅亡（8.20）◎淺井氏滅亡（8.28）
天正三年	1575	◎長篠合戰
天正六年	1578	◎耳川合戰 ◎上杉謙信歿（4.19）◎尼子氏滅亡（11.21）
天正十年	1582	◎武田氏滅亡 ◎本能寺之變 ◎織田信長歿（6.21）◎森蘭丸歿（6.21）◎山崎合戰 ◎明智光秀被殺（7.2）

織田信長率大軍攻打越前國朝倉義景諸城圖（歌川芳虎繪）

天正十一年	1583	◎賤岳合戰 ◎柴田勝家自殺（6.14）
天正十二年	1584	◎小牧・長久手之戰 ◎沖田畷之戰
天正十三年	1585	◎豐臣秀吉就任關白一職
天正十六年	1588	◎豐臣秀吉下達刀狩令
天正十七年	1589	◎摺上原合戰 ◎蘆名氏滅亡（6.5）
天正十八年	1590	◎北条氏滅亡 ◎豐臣秀吉統一天下（8.9）
文祿元年	1592	◎文祿之役 ◎豐臣秀吉率兵20萬征伐朝鮮
慶長元年	1596	◎慶長之役 ◎豐臣秀吉第二次征伐朝鮮 ◎伏見大地震（閏7.13）
慶長三年	1598	◎豐臣秀吉歿（8.18）
慶長四年	1599	◎前田利家歿（閏3.3）
慶長五年	1600	◎關原合戰（9.15） ◎石田三成被斬（10.1）
慶長八年	1603	◎江戶幕府建立（2.12）
慶長十年	1605	◎德川家康接任征夷大將軍（4.16）
慶長十九年	1614	◎大坂冬之陣
元和元年	1615	◎大坂夏之陣 ◎豐臣秀賴歿（6.4） ◎豐臣氏滅亡 ◎真田幸村歿（6.3）
元和二年	1616	◎德川家康獲朝廷贈太政大臣一職（3.21） ◎德川家康病逝駿府城（4.17）
元和五年	1619	◎直江兼續歿（1.23）
元和九年	1623	◎上杉景勝歿（3.20）
寬永十三	1636	◎伊達政宗歿（6.27）

馳名戰國的大名武將

「大名」是日本封建時代對較大地域領主的稱呼，由「名主」一詞轉變而來；這些擁有土地或莊園的領主為了保護家業，大多蓄養若干武士，坐擁武力。室町時代，大名是由幕府任命，又稱「守護大名」。戰國時代，無須幕府任命，只要支配數郡到數國勢力，能穩固支配國人者，即是大名。戰國時代的大名通稱「戰國大名」，出身背景以守護、守護代、國人和平民四種為主。

江戶時代俸祿高達一萬石以上的武士才夠資格稱「大名」，喻為「擁有大片土地的人」，德川家康根據戰後群雄對幕府的忠誠度，把全國大名分成三類：親藩大名、譜代大名和外樣大名。譜代大名又稱世襲大名，地位僅次於親藩大名，大多位居幕府要職，有一定的社會地位和權力，俸祿卻不多。德川家康的幕府統治，主要由親藩大名和譜代大名操控，外樣大名不得參與。一六一五年德川幕府制定《武家諸法度》，對參觀時的隨員數量作出規定，全國大名平時要有一部分人留在江戶，部分在領地主持藩國政務，以一年為期，期滿輪換，交換時間大多在四月，史稱「參觀交代」，目的是為了有效控制大名，加強幕府的集權統治。

「越後の龍」上杉謙信的繼任者上杉景勝

戰國時代著名的大名武將				
一条房基	一条兼定	九戶政實	二本松義繼	二階堂盛義
十河存保	三好長慶	三好義繼	三村元親	上杉景勝
上杉憲政	上杉謙信	千葉昌胤	土岐賴藝	大內義隆
大內義興	大友宗麟	大友義鑑	大谷吉繼	大崎義隆
大崎義隆	大寶寺義氏	小早川秀秋	小西行長	小笠原長時
小野寺輝道	井伊直勝	今川氏真	今川氏輝	今川義元
內藤如安	六角承禎	六角義治	戶澤盛安	木曾義昌
毛利元就	毛利隆元	毛利輝元	毛利興元	仙石秀久
加藤清正	加藤嘉明	北条氏直	北条氏政	北条氏康
北条氏綱	北条早雲	北畠具教	尼子倫久	尼子勝久
尼子晴久	尼子經久	尼子義久	本庄充長	田中吉政
伊達尚宗	伊達政宗	伊達晴宗	伊達稙宗	伊達輝宗
宇喜多秀家	宇喜多直家	安東愛季	安國寺惠瓊	有馬晴信
佐竹義宣	佐竹義重	別所長治	村上武吉	村上國清
村上義清	赤松晴政	赤松義祐	足利政氏	里見義弘
里見義堯	來島通總	姊小路良賴	姊小路賴綱	宗義智
宗像氏貞	松平廣忠	松平清康	松永久秀	松前慶廣
松浦隆信	武田信玄	武田信虎	武田勝賴	河野通宣
波多野秀治	長尾為景	長宗我部元親	長野業正	前田利家
南部安信	南部信直	南部晴政	南部晴繼	津輕為信
相良義陽	秋月種實	島津貴久	島津義久	島津義弘
島津豐久	島津忠恒	柴田勝家	浦上宗景	真田昌幸
荒木村重	高山右近	淺井久政	淺井長政	淺井亮政
淺野長政	細川晴元	斯波義統	斯波義銀	最上義光

武將大名立功揚名的舞台

戰國時代著名的大名武將				
朝倉義景	筒井定次	筒井順慶	黑田長政	蜂須賀正勝
福島正則	蒲生氏鄉	德川家康	諏訪賴重	龍造寺家兼
龍造寺隆信	齋藤義龍	齋藤道三	齋藤龍興	織田信孝
織田信秀	織田信忠	織田信長	織田信雄	豐臣秀吉
豐臣秀次	藤堂高虎	關東公方	蘆名盛氏	蘆名盛隆
蘆名盛興	蘆名義廣	蘆名龜王丸	蠣崎季廣	

戰國時代著名的家臣、戰將		
大谷吉繼（豐臣家）	山內一豐（德川家）	山縣昌景（武田家）
加藤清正（豐臣家）	本多忠勝（德川家）	本多重次（德川家）
石田三成（豐臣家）	北条綱成（北条家）	宇喜多秀家（豐臣家）
明智光秀（織田家）	服部半藏（德川家）	柿崎景家（上杉家）
前田利家（豐臣家）	柴田勝家（織田家）	細川藤孝（織田家）
森蘭丸（織田家）	飯富虎昌（武田家）	福島正則（豐臣家）
蒲生氏鄉（織田家）	瀧川一益（織田家）	藤堂高虎（德川家）

戰國時代著名的軍師		
上井覺兼（島津家）	大久保長安（武田家）	小早川隆景（毛利家）
山中鹿介（尼子家）	山本勘助（武田家）	川田義朗（島津家）
太原雪齋（今川家）	片倉景綱（伊達家）	本多正信（德川家）
立花道雪（大友家）	宇佐美定滿（上杉家）	竹中半兵衛（豐臣家）
前田利家（豐臣家）	柴田勝家（織田家）	細川藤孝（織田家）
角隈石宗（大友家）	直江兼續（上杉家）	島左近（豐臣家）
海北綱親（淺井家）	真田幸村（豐臣家）	真田幸隆（豐臣家）

戰國時代著名的軍師		
鳥居元忠（德川家）	朝倉宗滴（朝倉家）	黑田官兵衛（豐臣家）
蜂須賀小六（豐臣家）	鍋島直茂（龍造氏家）	豐臣秀長（豐臣家）
雜賀孫一（豐臣家）		

戰國十大猛將

1. 上杉謙信

　　上杉氏主公，人稱「越後の龍」。戰場上以懸掛「毘」字旗，獨樹一格；第四次川中島合戰中，機智識破武田信玄軍師山本堪助設計的「啄木鳥」策略，勇猛殺進信玄本陣，砍傷信玄。後來在手取川合戰中又擊敗由柴田勝家和瀧川一益組成的織田聯軍。後人稱「軍神」。

2. 真田幸村

　　豐臣家軍師。「大坂冬の陣」率軍大破伊達政宗的騎兵鐵炮隊，並斬殺家康多名武將。「大坂夏 の陣」率領全部裝束紅色的騎兵殺入德川軍，後又一人一騎衝進德川軍本陣，迫使德川家康差些切腹自戕，亂陣中，德川氏逃逸，折斷帥旗，使幸村失去目標，結果因體力不支中彈陣亡。島津家第十六代家督島津義久譽稱他為「日本第一武士」。

3. 立花道雪

　　大友家軍師。一生都在軍營度過，曾以刀劈雷，導致下半身癱瘓，僅能乘坐在轎子裡指揮作戰，依然屢戰屢勝，其英勇身影威震敵膽，人稱「鬼道雪」。

坐落在金澤市兼六園的前田利家雕像

4. 柴田勝家

　　織田家臣。聞名天下的猛將，每次出征必為先鋒，聲如洪鐘，人稱「鬼柴田」、「衝鋒柴田」、「破缸柴田」，那是因為某次出陣前，勝家故意摔破所有水缸，面對驚慌萬分的家臣，勝家向眾人大聲宣告：「我等將背水一戰」，以為鼓舞軍心。

5. 飯富虎昌

　　武田家臣，信玄手下重臣。率領穿著紅裝的「赤備騎兵」聞名天下，突擊時尤如烈火一樣，席捲敵陣。第二次川中島合戰，僅以八百餘騎大破來犯的上杉謙信八千大軍。人稱「甲州猛虎」。後被委任為信玄長子武田義信的老師。

6. 山縣昌景

　　武田家頭號猛將。跟兄長飯富虎昌一樣，也是率領精銳的赤備騎兵團。三方原合戰中，率部突入德川家康陣營，殺得家康狼狽逃竄。長篠合戰前力勸主公勝賴出兵未果，抱著必死決心上陣，衝進敵陣後中彈身亡。

從織田信長家臣，做到豐臣秀吉家臣的真田幸村

7. 本多忠勝

　　德川家康手下猛將、四大天王之一、德川十六神將以及日本七柱槍之一，人稱「鬼之平八」、「生涯無傷」、「戰國第一猛將」，一生交戰無數，未曾受傷。長篠合戰中，當右翼被敵方山縣昌景突破後，高呼：「那人便是山縣昌景」，結果所有鐵炮對準山縣昌景發

射。織田信長喻為「日本の張飛」，武田信玄評為「三河德川家康沒有資格擁有的家臣，效忠家康太可惜」，豐臣秀吉譽為「華實兼備的武將，古今獨步之武士」。

8. 北条綱成

北条家戰將。一五四六年的「越河夜戰」，兼任川越城主，堅守川越城達數個月，協助北条軍以千人防堵來犯的今川義元十萬大軍，後率領部隊奇襲今川軍並大破之。其所率部隊均插黃旗為幟，部下亦穿黃色軍服，世稱「地黃八幡」，令敵人敬畏。

上杉景勝的家臣直江兼續

9. 柿崎景家

上杉家頭號猛將。越後國長尾氏、上杉氏家臣，名彌次郎，官拜和泉守，又稱柿崎和泉守；為木崎城、猿毛城城主，智勇兼備，著名的戰法「騎討之」無人能出其右。謙信稱其為「越後七國無可敵者」。第四次川中島合戰中突入武田信玄本陣，如入無人之境，並斬殺信玄的同母弟武田信繁。

10. 島津義弘

島津家大名，九州地方唯一能與立花道雪齊名的名將。綽號「鬼石曼子」，滅伊東，破大友氏，立下無數戰功。一五九七年隨豐臣秀吉遠征朝鮮，一度占領朝鮮江原道大部，後來在豐臣氏海軍幾乎全軍覆沒下，拚死搏得慘勝，保護日軍撤回。關原合戰中在敗局已定的情況下，率部成功突圍，並使追趕前來的井伊直政重傷。

戰國時代的亂波忍者

忍者，原本只是對「忍術修煉者」的稱呼，忍術修煉的信眾一旦多了起來，主事者便動員把修煉忍術者組織形成個人擁有的專屬部隊，然後受僱於府衙單位或私人，執行敵後任務；後來，「忍者」成為一種特殊職業，如武士學習武士道一樣，必須接受祕密的忍術訓練，進行特戰殺手、特戰間諜的職務，屬於「派系組織性單位」的形態。

忍者在飛鳥時代稱「志能便」，奈良時代稱「斥候」，戰國時代叫「法甚多」，流傳最廣的是由武田信玄取名的「亂波」，這股「亂波」直到江戶時代才稱「忍者」（Ninja）。

忍者盛行於動亂、險惡的戰國時代，專司效力大名武將及封建貴族，以專業快捷的身手潛入敵後執行情報刺探、偵查、收集、暗殺、擾亂及破壞等間諜任務，直到德川幕府時代將其納入正式編制後，「忍者」才進入最興盛的年代。

按照編制區分，忍者分上、中、下忍三種。上忍，稱「智囊忍」，專司統領策略布局工作。中忍，實際對戰的靈魂人物，擁有一定的忍術水準。下忍，稱「體忍」，在最前方跟對手接觸交手的人員：三者之間等級關係涇渭分明，下忍對中忍唯命是從，中忍對上忍俯首帖耳。忍者世界，有四項嚴格的基本戒律：不准濫用忍術、捨棄所有自尊、絕對守口如瓶、嚴禁洩露身分。

忍術分為陰忍和陽忍：「陰忍」強調隱身潛入敵人內部，進行刺探或破壞活動，「陽忍」強調在大庭廣眾之下運用智謀取勝。

身為忍者，必須懂得使用短型武士刀，以及特殊武器對抗敵人，最出名的武器是手裡劍、苦無和鎖鐮。進行祕密行動時，需穿著深藍、深紫色服飾，易於隱匿星夜下；如遇月明星稀的夜晚，則需換成灰色或茶色裝束。

忍者穿著內褲的束法跟一般人不同，帶狀長條的「褌」長度較長，把褌布從脖子纏繞到胯下，最後綁在腰際。如此一來，可以隨時從脖子後面抽出，當成繩子應急。褌，本義是指中國漢服中作為內褲使用的短褲，戰國時代傳入日本，戰爭期間，識別陣亡者的方法就是查看死者有無穿著褌，有穿褌者位階較高，沒穿褌者大多是下階士卒。忍者穿著的褌，長度較一般人長了許多。

「褌」的作用不小，上衣更為可觀，裡面縫製許多口袋，藏放不能淋濕的火藥、縫衣針、救急藥、安眠藥和毒藥等；腰帶裡放置日用雜物；手套和綁腿則隱藏暗器，便於隨手取用。

戰國時代，忍者的忍術已較過去有了長足進步，尤以伊賀（今二重縣西北部），甲賀（今滋賀縣南部），紀伊（今和歌山縣全境及三重縣南部）等三州最為盛行，一般人也把這三個地方視為「忍者的故鄉」。

伊賀流是與甲賀流齊名的忍術流派之一，忍者平常務農，戰時則活躍於戰場或後方；與隔山的甲賀流相異之處，在於甲賀流忍者對主君盡忠，但伊賀流忍者與僱主之間僅有金錢契約的僱傭關係。除了伊賀流和甲賀流，其他尚有青森中川流、山形羽黑流、新潟上杉流、加治流、長野甲陽流、芥川流等。

忍者經典著作《萬川集海》敘述，成功的忍者必須善於將內在的「靜」與外界環境的「動」完美結合，並通過食、香、藥、氣、體「五道」，完成日常修行。

風魔小太郎

據稱，以箱根山為根據地的相州亂波忍者首領「風魔小太郎」，本姓風間，後稱風魔，歷代風魔一族的首領慣以「風魔」為姓，「小太郎」為名，所以首領都叫「風魔小太郎」，屬於後北条氏的忍者，以其精湛忍術聞名後世，但史書完全沒任何關於風魔小太郎會要弄

幻術、忍術的記載。

　　風魔小太郎貴為風魔族首領，卻沒人見過真面目，連名字都是世襲繼承。名留青史者只有服侍第三代小田原城主北条氏康的第五代風魔小太郎，他領導風魔一族最大的戰績是，一五八一年與武田勝賴對戰的「黃瀨川の戰」。小太郎的策略是，每晚放出一群背上騎坐稻草人的馬匹，奔馳陣地，用來攪亂欺敵，直到對方不堪其擾而致鬆懈戒備，再出兵奇襲。這種兵法雖讓風魔小太郎每戰必勝，但在一五九〇年，當豐臣秀吉率領二十萬大軍進攻關東地區和小田原城，風魔一族見豐臣氏大軍來襲，為了自保，未予參戰，後北条氏就此滅亡。

　　德川家康時期，風魔一族與武田忍者相互檢舉告密，最後全部被捕入獄。稱霸一時的第五代小太郎，也於一六〇三年被處刑，風魔一族終焉滅絕。倖存者庄司甚內與鳶澤甚內二人狼狽逃往江戶，一個開設妓院，另一個專作贓品買賣生意的盜賊。

　　戰記著作《北条五代記》如是描述「風魔小太郎」的容貌：「身高兩公尺以上，手足銅筋鐵骨，周身肉瘤累累，努睛突眼，黑髭下口似血盆，有四根獠牙。貌如南極仙翁，鼻如懸膽，音聲如鐘，可傳達至五公里方圓之外，壓低聲音時，低啞裂帛。」

　　《北条五代記》的記述不禁使後人臆測，風魔一族的祖先絕非日本人，這些人極可能是來自俄國哥薩克騎兵隊族系，於古代伴隨馬匹渡海日本，集體定居在神奈川縣小田原西方金時山中的風間谷，這裡正是「箱根道」隘口。由於騎馬技術出類拔萃，北条早雲便將風魔一族兩百多人編入北条軍團之中。

百地三太夫

　　忍者「百地三太夫」，又名百地丹波，以伊賀上野為據點的土豪，屬於伊賀上忍三大家之一。在鬼瘤砦擊退織田信雄的伊賀平定

軍，是個誓言終身與織田家抗戰到底的傳奇人物。其部屬「石川五右衛門」，伊賀忍者，曾潛入大坂城意圖刺殺豐臣秀吉，由於不慎觸動寶物「千島香爐」被發現，遭豐臣秀吉處死。

猿飛佐助與真田十勇士

小說、漫畫和戲劇傳述最多，甲賀流忍者「真田十勇士」之首的猿飛佐助，是信州鳥居峠山林隱士鷲尾左太夫之子，徒手格鬥的武功絕佳，身手矯健，擁有如猿猴一樣在樹上攀爬飛躍的好本領，來去無蹤，普通人根本無法捕捉到他。

一天傍晚，佐助在山中與山猿追逐嬉戲，偶遇甲賀流忍術高手戶澤白雲齋，佐助甚喜，拜其為師，隨白雲齋學習甲賀流忍術。三年之後，忍術學成，達到免許

歌川國芳所繪製的「兒雷也豪傑譚」。以比較誇張的造型塑造的忍者形象

皆傳段位。十五歲那年某天，在鳥居峠狩獵時遇到日本第一武士真田幸村，幸村納為家臣，並改名「猿飛佐助幸吉」。

關原合戰與父親同屬西軍，戰後被下放到紀伊九度山的真田幸村父子，流放生活艱困，仍經常討論兵法戰略以及天下大勢，希望有朝一日再度起兵，但德川家根本沒寬恕他們父子的行動。一六一一年六月，真田昌幸在失望的等待中盍然辭世，真田幸村心中充滿對德川家的怨恨。

期間，佐助遊歷各地，並將天下情勢即時報知幸村，後與霧隱才藏、穴山小助、海野六郎、望月六郎、根津甚八、筧十藏、由利鎌之助、三好清海、三好伊三等「真田十勇士」追隨真田幸村參與「大坂の夏之陣」。

戰國時代的眾道男色

戰國時代，各領主大名為爭權奪地，征戰不休，以致處處刀光劍影，血濺城垣。在一個男性群聚生活的戰役亂局裡，愛好男色蔚然成風。武人的同性愛關係，日文稱「眾道」，也稱「若眾道」或「若道」，專指主公跟侍童、家臣和美少年的男男曖昧關係，武士的情人稱作「小姓」。

以「高嶺之花」讚美精於劍道的貌美少年武士，用「菊花與劍」象徵崇美與尚武；「菊花之約」遂形成男人之間的情愛約定。這種武士之間，曖昧關係的歷史，起源自戰國時期，武人在戰場東奔西走為主公奮戰，心中積鬱的心事，無法跟家室吐露，只好尋找同袍傾訴；基於長期征戰，朝夕相處，超越友誼的愛人關係，於焉蔓生，進而成為沙場中極普遍的現象。尤其，當武士、主僕之間的禮義忠貞觀念一再被強調，「忠誠信賴」便成為主僕間牢不可破的情義意識。這時，平日受到主公寵幸的侍童，一旦面臨必須用生命護衛主公

戰國三大美少年之一名古屋山三郎（歌川國貞繪）

熱戀名占屋山三郎的會津若松城主蒲生氏鄉

時，「視死如歸」的決絕態度，即成最激烈的體現。

《日本書紀》記載了戰國大名死後寧願與關係要好的侍童、家臣合葬的事跡，這些充滿男男情愛的傳述，早已不成祕聞。如織田信長和森蘭丸同葬本能寺，德川家康四大天王的井伊直政和本多忠勝，都屬死後合葬的案例。

變童之風在戰國時期，屬普遍現象，大名武將的身邊擁有十幾二十個侍童，一點也不稀奇。號稱「軍神」的上杉謙信變童癖的名氣極高。變童，只是身分的過程，不會妨礙升遷或成家立業。織田信長身邊的大將前田利家，身為鄉下武士的庶子，十四歲出仕織田家，成為織田信長的貼身侍童，由於年紀相仿、長相英挺，與信長性格相近之故，深受寵愛，加上利家屢建戰功，後來成為織田信長手下大將，亦為萬人之上的大名。

一四六七年開始的戰國時代，武將、武士及其隨從僕人因生死與共而產生的男男戀關係，並未隨戰爭結束而停止，這種風氣在武士道精神的影響下，衍生出「眾道」這一寵愛美男子的「盟兄盟弟」的概念，且卓然成家。

戰國時代的美少年和眾道

戰國時代著名的「美少年」包括：淺香庄次郎（織田家）、明智光秀（織田家）、池田長吉（豐臣家）、井伊直政（德川家）、上杉景虎（上杉家）、直江兼續（上杉家）、岡剛介（宇喜多氏）、河田備前守（上杉家）、木村重成（豐臣家）、近衛信尋（後陽成

天皇第四皇子）、坂井久藏（織田家）、齋藤道三（齋藤家）、陶
晴賢（大內家）、清十郎（伊達家）、太郎法師丸（土岐家）、伊
達政宗（伊達家）、名古屋山三郎（織田家）、永井直勝（德川家）、
不破萬作（豐臣家）、堀尾忠晴（豐臣家）、薪田鶴千世（武田家）、
三浦右衛門佐（今川家）、森蘭丸（織田家）、前田利常（前田家）
等。

戰國時代著名的「眾道」者包括：備前國天神山城主浦上宗景
和宇喜多直家；宇喜多直家和岡剛介；築前六國守護大內義隆和陶
晴賢；甲斐國守護武田信玄和高坂昌信；越後國守護上杉謙信和養
子上杉景勝、直江兼續；織田信長和前田利家、森蘭丸；織田信雄
和淺香庄次郎；豐臣秀吉和石田三成、池田長吉；德川家康和井伊
直政；會津若松城主蒲生氏鄉和名古屋山三郎；豐臣秀次和不破萬作；
伊達政宗和只野作十郎等。

其中，武田信玄寫給小姓高坂昌信的一封「情書」，十分得趣。

高坂昌信出身平民，本名春日虎綱，幼名源助，十六歲時因長
相俊美而成為「甲斐之虎」武田信玄的小姓。信玄二十五歲時，高
坂昌信聽說少年彌七郎登堂入室為武田信玄侍寢，非常氣憤，武田
信玄為平息昌信的怒氣，寫了封信給高坂昌信，說明跟彌七郎之間
毫無曖昧關係：「最近常常去看彌七郎，不過是因為他生病了。過
去我從未讓彌七郎侍寢，今後也絕對不可能，請你相信我，我對源
助的心意不會有任何改變。這幾天來，我日夜徘徊，寢食難安，就
是為了心意無法傳遞給你而感到困惑不已。如果我騙你，願意接受
甲斐一、二、三大明神，富士、白山、八幡大菩薩，還有諏訪上下
大明神的懲罰。本來這種誓言應該寫在正式的起請紙上，但因甲斐
這邊的神職人員管理嚴格，我拿不到，只好先用一般的紙寫信給你，
晚一些再用正式的起請紙書寫。」這封書信的原件，現藏東京大學

戰國武將 36 歷史之旅

擁有家童高達百人以上的江戶幕府第三代將軍德川家光

圖書館。

另外，美男子直江兼續少年時代是上杉謙信的養子上杉景勝的近侍，承受上杉謙信鼓勵，研習學問和武術，成為文武兼備之才，後人稱「天下第一陪臣」。直江兼續和上杉謙信、上杉景勝之間的曖昧關係，有詩〈逢戀〉佐證：「風花雪月不關情，邂逅相逢慰此生。私語今宵別無事，共修河誓又山盟。」

殉情殉義的眾道

據《亞相公御夜話》記載，除了前田利家，森蘭丸亦為織田信長最寵愛的侍童；森蘭丸的美貌天下聞名，名列戰國三大美少年之一，加諸文武雙全，被織田信長形容是無可代替的寶物。十七歲時，森蘭丸在京都本能寺和織田信長一起殉難。

據《太閤記》第十七卷記載，文祿四年（一五九五）七月，被豐臣秀吉流放到高野山的豐臣秀次，在切腹自戕之前，他寵愛的戰國三大美少年之一不破萬作先行自殺殉死，時年十八歲。

再則，井伊直政是德川家康家臣中有名的俊美猛將，關原之戰受傷，德川家康親自為他送藥，卻因傷重不治去世，德川家康為此號啕痛哭不已。

還有，戰國三大美少年之一的名古屋山三郎，是織田信長的侄子敦順的兒子。一五九〇年，十八歲的名古屋山三郎跟隨蒲生氏鄉攻打陸奧名生城，由於善用槍，作戰勇猛，成為知名的美男勇士。當時流行一段歌謠：「槍師槍師雖然多，名古屋山三是第一槍。」一五九五年，蒲生氏鄉去世後，名古屋山三郎剃髮出家，後還俗，改名九右衛門。

另有一段，有人曾向獨眼龍伊達政宗密告，說是小姓只野作十郎和其他美少年結契，

戰國三大美少年之一森蘭丸（月岡芳年繪）

伊達政宗聞訊後甚為生氣，在酒宴上大罵只野作十郎背叛他；只野作十郎遂意割腕寫下血書，證明自己的清白。看了只野作十郎的血書後，伊達政宗為自己的猜疑心感到恥辱。

再說，會津守護蘆名盛隆和常陸守佐竹義重，兩人在戰場交戰瞬間，四目相視，倏然天雷勾動地火般，彼此被對方吸引，因而休戰和睦。一五八四年，蘆名盛隆被寵愛的大庭三左衛門暗殺，佐竹義重得知消息後嘆息難安，將膝下次子送給蘆名家作養子，改名蘆名盛。

《寧固齋談叢》書中有如下一則故事：

出生一五九九年的出雲國松江城第三代城主堀尾忠晴，十六歲時，因為一張俊美畫像而被譽稱「天下無雙」的美少年。同屬美少年的二十二歲加賀國金澤城城主前田利常，眷戀久矣，很想會見堀尾忠晴，於是託幕府旗本竹中左京轉達情意。九月十日，竹中左京設夜宴款待兩位美男，酒宴進行一半時，竹中左京和兩位陪臣藉故退席，讓前田利常和堀尾忠晴在月夜下來場風花雪月。

月明風清之下，兩人相對默然，前田利常開口說道：「今晚的月色真美啊！」堀尾忠晴卻說：「看來仁兄特別喜歡月夜，那就讓你獨自觀賞吧！」話下，掉頭走人，愣在一旁的竹中左京勸留無用，難過不已。

某日，堀尾忠晴忽然表明將擇日拜訪前田利常，前田利常聽聞

後心情大悅。

第二年春日某天，上午十點左右，使者捎來堀尾忠晴得了急病，無法履約的信息。前田利常鎮日躺在床上長吁短嘆，茶飯不思。傍晚時分，堀尾忠晴的使者再來，等不急侍人開門接客，管不了家臣攔阻，前田利常逕自來到玄關，大聲呼喚：「使者在哪？」四下無人回應；倏忽間，眼前的景象使前田利常驚愕不已，堀尾忠晴俊美的臉龐，竟在夕陽輝映下，從使者背後緩緩出現在他面前，美少年說道：「忠晴在此等候久矣。」前田利常高興得不知該說些什麼。當晚，兩個美男子便在前田家府邸共度美妙一宿。

洗淨武士愛所受到的玷污

一六〇三年，德川家康建立江戶幕府，幕府機構中，設有「小姓組番頭」，負責江戶城治安和幕府將軍的隨行護衛。德川家中最有名的眾道者是三代將軍德川家光和五代將軍德川綱吉。德川家光直到二十二歲都對女人不屑一顧，身邊的家童卻高達百人以上，德川綱吉的家童據說也多達一百三十人。

很難想像，武士戰亂的年代，男色現象竟能如此蓬勃發達，堂而皇之的成為時尚流行。或許正是長期戰爭所帶來的情慾症候群吧！現實狀況是，戰國時代的武士社會相當排斥女性，僅將女性當成「生殖工具」或「護身符」。武士社會的婚姻，不容許混入個人真感情，因為誰都無法預知「政治聯姻」或「相引介紹」娶進門的妻妾，哪一天忽然變成抄家滅門的罪魁禍首，因此身分越高的武士，越是不信任女人。由是，「男色」便順勢發展起來。

肥前國佐賀鍋島藩藩士山本常朝口述，田代陣基筆記，武士道的代表作《葉隱》一書，雖則探討武士精神，內容不乏陳述武士戀愛的規條：「戀愛的極致是暗戀。彼此見面後，戀愛的價值便會開始低落。終身祕而不宣，才是戀愛的本質。」山本常朝所說的戀愛「本質」，指的正是眾道精神：武人之間的愛，深沉而盡在忠義。也即是：「武士之於武士的愛要唯一，一個武士有權利以背叛者的鮮血洗淨崇高的武士愛所受到的玷污。」眾道延伸武士道的忠誠信念，是深具武士尊嚴的愛。

第二話　入道長氏北条早雲

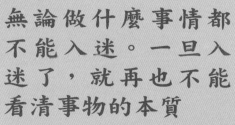

無論做什麼事情都
不能入迷。一旦入
迷了，就再也不能
看清事物的本質
　　　　——北条早雲

關於北条早雲

對上下萬民，不可絲毫虛言

永享四年（一四三二），出生備中國（岡山縣西部）的北条早雲，為第一代後北条氏當主。父親伊勢盛定，是伊勢貞時的養子。早雲原名伊勢新九郎長氏，人稱新九郎或長氏，育有兒子北条氏綱、北条氏時和北条幻庵。「北条早雲」是北条氏綱所取，入主關東後自號早雲庵主，後世通稱北条早雲庵宗瑞或伊勢宗瑞，不過，史書大多載寫為北条早雲。

統領箱根和伊豆一帶的後北条氏第一代當主北条早雲

早雲少時精騎射、通武藝。時當戰國亂世伊始，他認為正是武士求取功名的好時機，遂散盡家財，將世領三百貫之地變賣，廣攬豪傑，相約一起到關東地區開拓新天地。說道：「若考今之天下，乃建功立業大好時機！想關八州，地勢高爽，士馬精強。遠古以來，即為武士要地。自永享以降，無主固守，若能割據此地，必得天下！我偕諸君前往

北条家的家紋

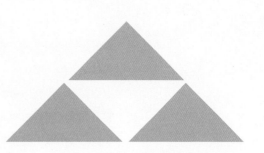

東國，伺機而行，立功於世，諸君意下如何？」眾人聽聞後，躍欲奮進。早雲從而與荒木兵庫頭、山中才四郎、多目權兵衛、荒川又次郎、大導寺太郎及在竹兵衛尉共七人前進東國。途中，參拜伊勢大神宮，各飲神水立誓：「無論發生任何事，我等七人，不應有不和情事，互相幫助，共立功名。依武家習規，七人中，誰先立下功名得為一國一城之主，餘六人當為其下屬，鞠躬盡瘁，死而後已，為君者絕不背棄餘六人獨享榮華。」

文明元年（一四六九）二月，七人到達駿河國，早雲令姊北川殿身為今川氏當主今川義忠的妻子之故，因此，七人便寄居今川家。

後來，年紀最長的早雲果然出人頭地成為一方霸主，大導寺等六人列家臣，這六人的後代在北条家被尊稱「御由緒六家」或「御由緒眾」，是家臣中最高位之喻。

一四七六年，今川義忠遭攻擊戰死，表兄小鹿範滿在義忠的兒子今川氏親（龍王丸）元服前，強行擔任家督。當時，北条早雲返回京都當上申次眾，他向來擁護龍王丸，誓言討伐小鹿範滿。獲得早雲相助，今川氏親終於順利成為今川氏家督，早雲相對得到領地興國寺城。

早雲受封興國寺城後，適逢旱災，他分派金銀給跟隨他打天下的家臣荒木兵庫頭等六人，讓他們分贈給需要的人，並下令「調民困，輕賦稅，獎農耕，強士兵」把蓄得的金銀以低息，不問遠近，借貸給平民。士民每月一日及十五日必連袂前往謁見早雲，常往謁見者，其債可免；自此，民眾逐漸聚集城下居住，使城下町開始繁榮起來。士民咸感早雲恩澤，便在吉原涼之前立祠祀之。此後城下傳言：「早雲現稱伊勢氏，實乃北条氏！」此說一出，追隨早雲之士也跟著增多。

延德三年（一四九一），伊豆公方足利政知病逝，長男茶茶丸繼任，弒殺繼母，並斬異母弟。早雲早有奪取伊豆之心，聽聞此事後，奪取意圖愈益強烈。

為獲悉對方底細，早雲刻意將家督大位讓給長男北条氏綱，聲稱：「年已越五十，有病在身，恐餘命不長，欲捨弓矢安享晚年逸樂。」遂剃髮出家，號早雲庵宗瑞。不久又佯裝：「為治病，故參拜弘法大師之靈跡。」藉機進入伊豆，並在修禪寺的溫泉區養病。逗留期間，早雲另命樵夫、忍者刺探伊豆四郡地形、內情、郡守武將之名等。等到獵取情資後，早雲大喜返回駿河國，從長計議攻略伊豆，請出今川援兵三百，連同己方兵士二百，統領五百人從清水港乘船突擊伊豆，包圍堀越館，茶茶丸一戰而敗，自盡身亡。伊豆人民聽聞早雲兵威，心生恐懼，紛紛逃離家園。

伊豆修禪寺（修善寺）石階前的弘法大師
空海和尚紀念碑

早雲發出嚴令，與民約法三章：「禁入家盜物之事」、「禁取金錢貴物之事」、「禁國士及平民捨家逃去之事」。並明言：「若有不從者，荒其農地，燒其家屋」。早雲為取民心，經常視察民情，得知農民為流行疾病所苦，立即帶領醫師前往療病，博得萬眾認同，百姓期盼他的治世時間能長長久久；另外，他還制定大幅減少農民地租，其他雜稅一律廢除的良策；並嚴禁士兵對農民施暴，他的德政為北条氏五代奠下基礎。其後，佐藤四郎兵衛尉等伊豆國的土豪劣紳大半投效早雲。

一四九五年，北条早雲攻陷

大森藤賴的小田原城，確保他在伊豆、相模的實力。一五〇四年，在立河原合戰支援上杉顯定擊敗扇谷上杉家的上杉朝良，同年十月占領鎌倉。在今川家介入下，使北条氏能自由進出相模國。一五一二年，他領兵進攻三浦氏，奪取岡崎城，同年十月在鎌倉建立玉繩城，終在一五一六年攻下新井城，統一相模國，三浦義同戰死，將家督讓位給北条氏綱。

一五一九年，北条早雲於小田原城去世，享年八十八歲，墓塚在和歌山縣金剛寺，以及神奈川縣箱根町早雲寺兩處。史學家定位他是戰國時代第一風雲人物，以亂世梟雄之姿活躍歷史舞台。

德川家康在北条氏滅亡後，對家臣說：「武田信玄乃近代良將，可他放逐父親，自己也險遭橫禍。勝賴乃猛將，然背其運，招致家臣離他而去，最終滅亡。這事，乃天道對不顧親孝，又欠恩義之道的人示意憎恨。對比小田原，經歷百日之圍，除松田尾張守以外，都沒叛逆之人。捨命伴隨者眾，這就是早雲以來，代代受教的方針得到正確施行，諸士都謹守節義之故。」

北条早雲曾潛入伊豆，並在修禪寺內的溫泉區養病

關東霸主北条氏居城

神奈川縣小田原城

位於神奈川縣西部小田原市，擁有悠遠歷史的小田原城，原為相模國足柄郡小田原的城堡，是支配關東地方的中心據點，戰國時代居關東難攻不落之城的地位，所以又稱小峰城或小早川城，時為關東霸主北条氏居城。

小田原城在平安時代末期，屬相模國豪族小早川遠平的居城。一四一六年上杉禪秀之亂，使當時的領主土肥氏遭驅逐，成為扇谷上杉部屬大森氏的領地。

一四九五年，支配伊豆國的北条早雲進攻小田原，成功奪取城堡，自此九十多年，據為北条氏領地；後北条氏以此為基地，進行大規模擴建，規格遠比豐臣秀吉時代的大阪城還大，這種形式的擴建在戰國初期鮮少得見。一方面，後北条氏先在天守附近設置居館，建造外堀；另方面，於北方鄰近八幡山處建立不少美麗園景。一五六一年雖遭上杉謙信的軍隊包圍長達一個月，始終無法攻陷。第三代的氏康因擊退武田信玄和上杉謙信的軍勢，使得小田原城被喻為「堅城」。

一五九〇年，豐臣秀吉向北条氏宣戰，以壓倒性的兵力與後勤優勢，採取攻略支城後圍困小田原的戰略，終讓後北条氏當主北条氏政、北条氏直父子擬定的籠城策略瓦解敗北，後北条氏在被困三個月後開城投降。小田原城封為德川家康領地，德川指派大久保忠世接任城主，其後因兒子大久保忠鄰涉嫌謀反幕府遭降級為旗本，

地景位置

神奈川縣小田原市小田原車站附近，徒步約九分鐘可達。

被上杉謙信的軍隊包圍長達一個
月，始終無法攻陷的小田原城之
山門

小田原城差些被廢；一六一九年阿部氏接管，十八世紀中，才又改由大久保氏重新接掌，直到幕末一八七一年廢城。

目前所見小田原城郭，為大久保氏時代營建，石垣是一六三二年進行改修後的城池。一九六〇年重建完成天守閣，並於原址進行城堡公園化。從天守頂可見笠懸山上的石垣山一夜城、伊豆半島和伊豆大島；城之大門、銅門仍保留原貌。此外，小田原車站前豎立一座北条早雲銅雕像，見證北条早雲和小田原城在戰國時代所居重要地位。

關東霸主北条早雲的居所小田原城

意味菩提早成雲

神奈川縣箱根早雲禪寺

位於神奈川縣足柄下郡箱根町湯本的早雲禪寺，山號金湯山，屬臨濟宗大德寺派，奉祀釋迦如來（坐像）、文殊菩薩、普賢菩薩三尊；大永元年（一五二一）由北条氏綱開基，寺院收藏的文化財為絹本淡彩北条早雲像和織物張文台及硯箱等。

到箱根旅行，如臨美妙的山村小鎮，山野、早川流水、硫磺，充滿鄉間寧謐的舒坦悠閒；走進跟北条早雲相關的「早雲禪寺」恰似進入僻靜的心靈角落，欣喜天地間仍存在如此閒常的一方山林，這時，誰還會去談論戰國領地之爭誰贏誰敗？

林蔭小徑上空，早來的流雲把這座禪寺映影成無語無形的點點佛心禪意。

神奈川縣足柄下郡箱根町湯本。入場券：大人 500 円。

早雲禪寺的梵鐘

北条早雲領地
箱根町鳥居

位於足柄下郡箱根町湯本的早雲禪寺

箱根柳杉林裡的彫刻の森

箱根神社

「彫刻の森美術館」的戶外展覽品

地景位置

神奈川縣足柄下郡箱根町。入館券：大人 1600 円，大學生、高校生和六十五歲以上大人 1100 円，中小學生 800 円。

箱根距離小田原城很近，戰國初期為北条早雲領地；古來為東海道陸路要衝，有「天下の險」之稱，所占溫泉旅館居日本之最。

箱根位於東京西方九十公里處，富士山聳立於後，早川流過其間，形成水面平靜如鏡的蘆ノ湖，湖邊到處湧現溫泉；湖的四周環繞幽深的山嶺，嶺東遍布柳杉林蔭道，高聳入雲的柳杉木沿古驛道整齊排列。相傳這些碩大的柳杉木種植於一六一九年，植樹的目的是為夏季遮陽，讓旅人免受烈日曝曬；冬季用來防護驛道不致遭受風雪侵襲。總計有四百二十棵的柳杉樹，被指定為自然保護物。

位於箱根境內的箱根神社，又稱「箱根權現」，相傳七五七年時，由奈良朝的萬卷和尚建造，直到明治維新，這座神社仍受到武士階級虔誠崇拜。因為歷史悠久，神社仍保存不少文化遺產，其中，建造神社的萬卷和尚木雕坐像，被指定為「重要文化財」。

另則，鄰近箱根登山鐵道線「彫刻の森」車站，徒步約兩分鐘可達的「雕刻の森美術館」，為一戶外現代雕刻美術館，總面積約七萬平方公尺，是世上少見的大型戶外美術館，保存有日本國內外藝術家將近七百件雕刻作品，一派氣勢，令人讚佩不已。

從箱根可見到富士山全景

蘆ノ湖水影波疊

箱根蘆ノ湖

　　蘆ノ湖是箱根的旅遊中心，面積六點九平方公里，深四十公尺，四十多萬年前因火山爆發而形成的火山湖，海拔七百二十五公尺，環湖十八公里，湖裡生棲有鯽魚、鯉魚、虹鱒魚、黑鱠醴、胡瓜魚等多種淡水魚，供遊客垂釣。湖四周遍布許多旅遊景點和渡假溫泉酒店，如舊箱根街道、箱根關所、小涌谷溫泉、大涌谷火山、箱根車站博物館，以及雕刻の森美術館等。

　　蘆ノ湖是由早川和須雲川兩溪流匯集形成的美麗縱谷，位於箱根出中央部，臨湖可見鎮日冒出水氣和硫煙的湖光景致。蘆ノ湖周圍綠蔭簇擁，由元箱根或蘆ノ湖南岸的杉樹道可眺望富士山，湖面倒映富士山昂然壯麗的山姿水影，堪稱箱根第一絕景，「箱根富士」因而名列日本百景之一。

　　蘆ノ湖共有三艘觀光海盜船行駛其間，船身仿照十八世紀海盜船建造，外觀彩繪明亮色澤，雕刻華麗立體裝飾，甲板上還設計了幾尊栩栩如生的海盜人像，儼然真的海盜船一般。

地景位置

　　神奈川縣足柄下郡箱根町。從小田原搭乘巴士經箱根至湯本到蘆ノ湖南端的元箱根和箱根町，單程約五十分鐘，車資 1150 円。

行駛在蘆ノ湖的海盜船

蘆ノ湖乘船碼頭

入道長氏北条早雲

怵魄動心的海岸奇岩

伊豆半島

伊豆半島地處靜岡縣，西臨駿河灣，為太平洋與相模灣交界的突出半島；氣候溫和，擁有為數不少的溫泉、海水浴場和自然公園等旅遊設施，四季到此渡假的遊客絡繹不絕。因彰顯內外皆美的山水景致，而成著名的文學故鄉，文學家夏目漱石曾到此養病、川端康成、三島由紀夫、井上靖、島木健作等人都曾以伊豆為背景，寫出不少膾炙人口的文學佳作，其中尤以川端康成的《伊豆の踊子》最為風光，這部短篇小說不僅名震遐邇，更讓川端康成成為日本文學史最重要的人物之一。這裡曾是鎌倉幕府源賴朝遭流放，以及後來起兵滅絕平家一族的所在，更是戰國初期北条早雲的領地。

伊豆半島風景秀麗，使人心曠神怡，主要城鎮包括熱海、三島、伊東、修善寺、湯ケ島、河津、下田、松崎、土肥等；除伊豆半島之外，伊豆尚包含距離半島約二十五公里，面積九十一平方公里，島的周圍約五十二公里，人口僅一萬餘的伊豆大島。

「昭和の森」內的「伊豆近代文學博物館」

地景位置

靜岡縣伊豆市。

「昭和の森」完好無缺的保存出生
伊豆的文學家井上靖的舊邸

伊豆下田港口矗立率領黑船來航，打開
江戶時代對外貿易門戶的美軍提督貝
利人頭像

伊豆名景修善寺

駿河灣的羽衣傳說

靜岡縣三保松原

三保松原因仙女脫下羽衣掛在松枝上而名傳千古

地景位置

靜岡縣靜岡市清水區駿河灣沿岸的三保半島。JR東海道本線清水車站或靜岡鐵道靜岡清水線新清水車站下車，搭乘巴士往三保方面，「三保松原入口」站下車，徒步十五分可達。

靜岡縣位於日本中央部，右臨太平洋，地理位置東西方向呈長形，沿遠州灘、駿河灣和相模灣伸展。古代的靜岡縣分為伊豆國、駿河國和遠江國三個令制國。一四六七年應仁之亂，北条早雲曾前往身為今川氏當主今川義忠妻子的姊姊北川殿居所的駿河國避難。

到靜岡旅遊，不免要到新日本三景的「三保松原」攬勝。三保松原位於靜岡市清水區駿河灣沿岸的三保半島，因白砂綿延生長著長達七公里的青松而名震遠近，又因位於駿河灣，時而可遠眺伊豆半島與富士山，景色絕美，近年更獲選為新日本三景、日本三大松原、白砂青松百選。

另外，三保松原著名的御穗神社，直到今日依舊保存傳說中，天庭仙女的羽衣碎片。

關於仙女下凡的故事「羽衣傳說」，敘說原本生活在天庭的仙女，因醉心三保松原的美景，便隱瞞天父下凡到人間，仙女之中的一位，被白砂青松的絕景懾服，遂將脫下的羽衣掛在松枝上，走到海岸沐浴，不料羽衣被漁夫偷走，回不了天庭，仙女只好被迫跟漁夫結婚。後來，羽衣被找到，於是她又穿起羽衣，翩然跳起仙女之舞，飛返天庭。傳說之美，讓三保松原增添迷人的傳奇色彩。

傳說三保松原內的
御穗神社，仍保存
仙女的羽衣碎片

「三保松原」因擁有長達十公里的青松而聞名

1. 小田原市

　　魚肉料理的魚板是小田原特產,古時呈
竹輪形狀,到了江戶時代演變成現今形狀。
從小田原越過箱根,尋找名湯溫泉的旅人,
大都不會錯過這款溫潤的魚肉食品。曾以
「名物」之名獻給武將品嘗的魚板,如今,
盛傳至日本全國各地,甚至台灣也視為佳
餚。

三島市著名的
「雪莓娘」甜點

2. 熱海市

　　熱海除了是關東地區聞名的溫泉區,也
是明治年間,尾崎紅夜著名小說《金色夜叉》
故事的發生地,市區立有男女主角間貫一和
お宮的悲戀銅雕像,以及情節舞台園區。

位於熱海市《金色夜
叉》男女主角分離的
所在,已成觀光地

3. 三島市

　　三島市白滝公園水邊の文學碑,矗立有
知名文學家頌揚三島「水之甘美」的作品刻
紋。三島車站前販賣的「雪莓娘」甜點,冰
冰綿綿、細細緻緻,口感好極。站前「樂壽
園」的楓林,美到令人癡狂。

4. 伊東市

　　從熱海搭乘「伊豆の踊子號夢幻列車」到伊東，享受列車極盡美感的設計，再到伊豆半島的伊東市進行「文學散步」，品嘗海鮮、炸物。

5. 靜岡市

　　靜岡市地處駿河灣西側，因此有不少大型漁港，可品嘗到由比ヶ浜的櫻花蝦、用宗的白子小魚，清水和燒津的金槍魚等新鮮魚貝類。靜岡著名的茶葉，產量居日本第一。

靜岡縣駿河灣廣闊美麗的海域

第三話

天下第一騎兵武田信玄

疾如風，徐如林，
侵略如火，不動如山。
——武田信玄取自中國
《孫子兵法》的名言。

戰國最強軍團的甲斐之虎

　　一五二一年出生於甲斐國（山梨縣一帶）躑躅崎館的武田信玄，原名武田晴信，幼名勝千代，人稱太郎，是清和源氏源義光後代，甲斐武田氏第十九代家督，武田信虎的長子。一五二五年武田信虎的次男信繁出世，受到父親百般寵愛，完全忽視信玄的存在，還說：「繼武田氏家業者，信繁也。」令武田信玄心生嫉恨。

　　一五三三年，信玄迎娶上杉朝興的女兒為正室，翌年懷孕，後因難產死去。一五三六年，室町幕府第十二代將軍足利義晴將其諱稱的「晴」字賜予信玄，改名武田晴信，敘任從五位下大膳大夫、信濃守。同年迎娶三条為第二任夫人。一五三六年，年方十五歲的信玄首次躍上戰場，率軍兵攻打佐久郡海之口城城主平賀源心，一戰成名。一五四一年，武田信虎、信玄父子與村上義清合力攻打小縣郡，矢澤氏兵敗投降。

　　傳言武田信虎性情暴戾，喜剖孕婦腹，以取胎兒為樂；家臣有諫言者，以酷刑處決；加諸好漁色，搶奪關東上杉寵房的後室為妾，家臣中貌美的妻室也屢遭搶占，招致家臣和人民不滿。一五四一年攻打小縣郡後，武田信玄聯合板垣信方、甘利虎泰、飯富虎昌等家臣，趁父親出訪駿河國探望今川義元時，將正值壯年的信虎放逐到駿河，自己繼承家督職位。

　　成為大名後的武田信玄，遭逢強大對手──強調武德、義理、

律己嚴格聞名的上杉謙信的鄙視，導致後來發生了戰國時代著名的上杉軍與武田軍多次爭戰的「川中島の戰」。

天文二十二年（一五五三），武田信玄攻下信濃國，驅逐信濃守護小笠原長時以及村上義清等豪族。失去領地的村上義清投靠上杉謙信，上杉氏答應協助奪回失地。兩軍第一次在川中島發生衝突，上杉軍在擊退武田軍的前鋒部隊後撤軍，雙方無重大損失。史稱「布施の戰」或「八幡の戰」。

一五五五年，嫁給今川義元的武田信玄姊姊病逝，信玄為了再次與今川氏同盟，讓長男義信迎娶義元的女兒，信玄的女兒則嫁給北条氏政，甚至連氏康的女兒也嫁給今川氏真，三國同盟正式成立。同年，上杉軍和武田軍再度在川中島對峙，是為第二次川中島會戰，稱「犀川の戰」，由於今川義元介入，兩軍又從川中島撤退。

一五五七年，上杉軍和武田軍第三度於上野原小規模交戰，戰況膠著，將軍義輝受迫於畿內大名三好長慶處境艱難，亟盼上杉謙信停戰上洛相助，於是出面仲裁，令雙方和睦。武田信玄趁機提出要求，自幕府取得「信濃守護」役職。相對於上杉軍因越中一揆出兵而撤退，是為第三次川中島會戰，稱「上野原の戰」。一五五九年五月，武田晴信出家，正式改名為武田信玄。

一五六一年，上杉軍和武田軍雙方動員超過一萬兵力參戰，最終，武田信玄成功擊退上杉軍，卻折損了武田信繁、諸角虎定、山本勘助、三枝守直等大將。稱「八幡原の戰」的第四次川中島會戰，戰死者，一說上杉軍三千多人，武田軍四千多人，加上受傷者累計傷亡率武田軍比上杉軍高，但雙方各自宣稱己方獲勝。據傳，這場戰役中上杉謙信一度單槍匹馬殺入武田陣營，砍殺武田信玄，這個經典畫面經常出現在日本歷史小說或戲劇中。

一五六四年，上杉軍和武田軍再次對峙川中島，這次兩軍並未交戰即退兵，是為第五次「川中島の戰」。稱「鹽崎の對陣」。

山梨縣甲府市車站
前的武田信玄雕像

　　這時，由武田家統治的版圖包括：甲斐、信濃（長野縣）、駿河（靜岡縣中部）、西上野及部分美濃（岐阜縣）、遠江（靜岡縣）、三河（愛知縣）、飛驒地區（岐阜縣西南方）等，因擁有戰力強大的軍團，人稱武田信玄為「甲斐之虎」。

　　打著《孫子兵法》名言：「疾如風，徐如林，侵略如火，不動如山」為旗號的武田信玄，是戰國群英中少數智勇雙全、用兵如神的戰略型武將，他以「風林火山」的精神和謀略開疆拓土。著名的「啄木鳥戰術」即是武田氏主要的戰術之一。

　　這種戰術是模仿啄木鳥「捉蟲時敲擊樹的背面，再在樹的正面等蟲出來」，由家臣兼軍師山本勘助在第四次川中島合戰提出的戰法。武田軍兵分兩路，本隊八千人，奇襲隊一萬三千人，利用晨間進攻上杉軍營。可惜武田軍的對手是素有「軍神」之稱的上杉謙信，「啄木鳥戰法」被其識破。黎明時刻，武田軍本隊受到上杉軍一萬六千大軍猛烈攻擊，山本勘助為負敗戰重責，突進上杉軍，戰死。

激戰至午前，武田軍奇襲隊匆匆趕到，但上杉軍早已撤退。「啄木鳥戰術」在第四次川中島合戰中雖遭上杉謙信破解，但武田信玄在擴展版圖過程的多次戰役中，使用這個戰術，屢屢獲取勝利，並得到「天下第一騎兵隊」的讚譽。

武田信玄以雷霆萬鈞之勢進攻信濃，平定信濃後，他夢想揮軍西上，一舉入都，號令天下，卻在「桶狹間之役」遭織田信長所阻，後來病痛纏身，心力交疲，雖在三方原戰勝德川家康，卻已是時不我予了。

尤其，攻下野田城後，武田信玄的病情惡化，前往三河長篠城休養，行軍因而中止。經過一個月調養，病情未見好轉，不久，武田軍決意返回甲斐國。天正元年（一五七三），武田信玄在信濃國駒場（長野縣下伊那郡阿智村）病逝，得年五十三歲，御宿監物書狀提及他的死因是肺結核，甲陽軍鑑則指出死因是胃癌或食道癌。武田信玄死後的遺體在信濃國伊那駒場長岳寺火化，戒名法性院機山信玄。

武田信玄的死在戰國紛亂期，是個頗具戲劇性的謎團。他的遺言：「余五載前即知此日，特畫花押紙七百，余卒三年內，密不發喪，其間公文可用之。他國不知余死，必不敢動。武田氏由信勝繼承，信勝元服前以父勝賴攝政。加余遺骸以楮，沉諏訪湖，由信廉充任影武者。」

三年後的天正四年，武田信玄的死訊正式公諸於世後，遺體下葬惠林寺。統一大業的心願未了，夢想成空。

據稱，得知武田信玄死去的噩耗，上杉謙信放聲大哭了三天三夜，還說，失去了一生中最強勁的對手，再戰已無意義；此後，決心不再與甲斐國作戰。

武田信玄下葬後兩年，其子武田勝賴在長篠合戰中被德川家康和織田信長聯軍擊潰，自此，武田家開始走向衰敗。一五八二年的「天目山の戰」，在織田和德川兩軍聯合包抄進攻下，武田勝賴與兒子武田信勝吃下敗仗，兩人在位於山梨縣甲州的天目山自盡，武田家終焉滅亡。

風林火山，兵不厭詐

長野市千曲川、犀川の川中島

改編自小說家井上靖寫於一九五〇年代，新潮社出版、NHK 電視台製作的大河劇《風林火山》，二〇〇七年井上靖百歲冥誕時播出；這部電視劇的劇情敘述十六世紀上半期的戰國時代，曾經參與今川義元家族鬥爭，仕官被拒的山本勘助，投靠武田信玄成為軍師後，在一五六一年第四次川中島會戰中因提出啄木鳥戰略，反被上杉謙信識破，最後硬衝敵營，不幸敗北陣亡的故事。

長野縣長野市南郊，千曲川、犀川匯流處之川中島。

武田軍和上杉軍「川中島大合戰」的長野市八幡原史跡公園

「風林火山」是武田軍的旗幟名句，語出《孫子兵法》：「疾如風、徐如林、侵略如火、不動如山。」井上靖在著作中尚引用了包括孫子、莊子和司馬遷《史記・南越傳》諸多名言名句，如「兵は詭道也」，即孫子所云：「兵不厭詐」等。

《風林火山》年度大戲，由內野聖陽飾山本勘助、市川龜治郎飾武田信玄、歌手 GACKT 飾上杉謙信、仲代達矢飾武田信玄之父武田信虎。

長野市八幡原史跡公園為
「川中島大合戰」古戰場

位於長野市南郊千曲川和犀川匯流處的川中島

天下第一騎兵武田信玄

龍虎相會川中島之戰

長野市八幡原史跡公園

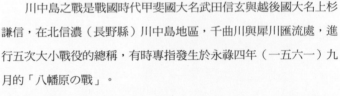

八幡原史跡公園
內的三太刀七太
刀之碑跡

地景位置

長野縣長野市小
島田町。JR長野
電鐵長野車站搭乘
長野電鐵到松代車
站,再搭川中島巴士
在「川中島古戰場」
站下車。

　　川中島之戰是戰國時代甲斐國大名武田信玄與越後國大名上杉謙信,在北信濃(長野縣)川中島地區,千曲川與犀川匯流處,進行五次大小戰役的總稱,有時專指發生於永祿四年(一五六一)九月的「八幡原の戰」。

　　甲斐國和越後國兩軍,分別於一五五三年、一五五五年、一五五七年、一五六一年,以及一五六四年,前後十二年間,圍繞在信濃國境內領地,善光寺附近,以千曲川和犀川匯流處的沖積平原為中心區域,連續發生五次對峙或戰爭。

　　「川中島戰役」所延伸的歷史地景,尚包括:青木神社、青柳城跡、旭山城跡、尼巖城跡、城山史跡公園、飯繩山、飯綱山、飯山城跡、上田原古戰場、大岡城跡、大倉城跡、金井山城跡、川中島合戰勇士首塚、霜台城跡、竹山城跡、八幡原史跡公園、春山城跡、三太刀七太刀之碑跡等數十處。

八幡原史跡公園內武田信玄和上杉謙信的對決雕像

綠海翠林輕井澤

長野縣輕井澤

江戶時代的輕井澤原本只是中山道上一個「宿驛」，東側為著名的碓冰峠，翻越碓冰峠耗時費力，因此往來江戶與京都的旅人，走到長野，必定在輕井澤夜宿後再行出發，輕井澤因而得以繁榮。跟著名的馬籠宿、妻籠宿一樣，輕井澤宿尚包括有沓掛宿、追分宿，合稱「淺間三宿」，是眺望淺間山景的勝地。

明治時代，輕井澤的功能一度沒落，直到一八八六年夏，加拿大傳教士 Alexander Croft Shaw 到訪，發現輕井澤美麗的景色與故鄉多倫多頗有幾分神似；一八八八年開始，便在當地興建別墅，並廣為宣傳，從而開啟輕井澤為避暑勝地的歷史新頁。

地景位置

JR北陸（長野）新幹線輕井澤站下車。從東京站乘長野新幹線六十五至八十分鐘。單程費用約為 5240 円。高速巴士從東京、池袋、新宿、橫濱出發。單程行車時間三小時，收費 2000 円起。

長野縣盛景輕井澤的白絲瀑布
（鄭年亨提供）

位於長野縣淺間山，海拔約一千公尺的輕井澤，到處可見青翠綠苔、優雅情趣的石牆小路，以及隱現在落葉松林中的西式別墅建築，宛如綠色海洋，處處畫景處處美。披頭四成員之一的約翰藍儂，自樂團解散後到一九八○年去世為止，幾乎每年夏天都會攜眷至此渡假。一九五八年，當今明仁天皇與皇后美智子在輕井澤會網球場邂逅，後來結為連理。

　　位於長野市東南方的輕井澤，戰國時代不免遭受川中島之戰波及，慘遭毀壞。然，一八九三年翻越碓冰峠的鐵路竣工後，從此可直達東京。長野新幹線於一九九八年啟用，從東京前往輕井澤，只需一個多小時便可抵達，使這個曾是古道驛站所在，一躍而為名震遐邇的旅遊勝地：改為博物館的仿西式建築三笠飯店、碓冰觀景台、白絲瀑布、榆樹林咖啡館和商店、蜻蜓之湯、自然街景、歐式建築、球場、雅致的旅館、悠閒的林蔭道、Outlet暢貨中心，無不討人歡心，令人神氣愉悅。

輕井澤鬼壓出園觀音寺與背後的淺間火山
（鄭年亨提供）

連接江戶與京都的中山古道

長野縣木曾古道

十七世紀初，德川家康統一日本後，首先著手修整道路。他以江戶為起點，規劃五條幹道，各幹道還設置讓武士、商旅歇腳洗塵和運送貨物的「宿驛」，並受中央政府管理。

五條幹道中，以連接江戶和京都的東海道及中山道為主要道路，東海道沿海線延伸，中山道走內陸，全程約五百四十餘公里。走東海道易受風雨雪水等天候影響，行路較難，所以選擇利用中山道的商旅相當多；中山道從江戶穿越碓冰丘經木曾至關原，然後到京都，共經過三十四個町，六十九個宿驛。

中山道的中央，即長野線南部的櫻澤到十曲之間，約八十六公里的部分稱木曾路。東西挾以木曾山脈和海拔三百零六公尺的御岳山，是條艱險山路，大都被山林覆蓋，為日本三大美林之一；其中，馬籠和妻籠位於木曾路南端，靠近京都方向，是木曾古道十一個宿驛中最富盛名者。

當年八十多家旅館並排相連，中間夾雜茶館、旅店、紀念品店，至今仍完整保留，政府單位將其列為傳統建築保存區。遊覽馬籠宿和妻籠宿，易使人發思古之幽情。

古道是武士和商旅歇腳洗塵和運送貨物的「宿驛」

長野縣木曾郡南木曾町。

位於長野縣西南部與岐阜縣交界的木曾古道為日本三大美林
之一。木曾古道過去是條艱險山路，大都被山林覆蓋

江戶八十里半

長野縣中山道馬籠宿

　　據稱，為了體現三百多年前江戶時期的街景風情，馬籠和妻籠兩地所有電線都被埋入地底，地面看不到任何一根電線桿，這種先進的建設，只為保留傳統江戶建築群長存木曾古道。沿馬籠山坡道所蓋的老式房子，全部就地取材，每一戶家屋堆砌的石牆、格子窗、貼著瓦片的屋頂，以及印著店名的藍染掛簾等，都散發馬籠宿獨特的古樸風情。

　　馬籠宿為木曾古道最南端的驛站，從江戶一路數來，屬第四十三座。旅籠、茶屋、土產店，使人彷彿走進時光隧道，誤以為進入江戶時代；馬籠舊屋、舊街道、舊茶館，在陽光照耀下，顯現江戶時期的生活樣貌。

　　木曾中山道馬籠宿，路邊豎立的碑石，上刻：「中山道馬籠宿江戶八十里半　京都五十二里半」字樣，分明標示古道兩旁的商家、旅籠，正是旅人行腳的中途驛站。

　　整排古舊的木造屋宇，像貼入一幅陳跡斑駁的浮世繪，閃爍黑澄澄光芒。其間坐落許多販賣土產的小店，糖果店、民藝品店、雜細古玩店，精緻的手工，古意典雅得讓人不禁為之目眩起來，宛如融和喜悅與懷舊情愫，都留存在這一條古道上。

地景位置

長野縣。自中央本線中津川站、坂下站、南木曾站搭乘前往馬籠的巴士，終點站下車。需時約十到三十五分鐘不等。

馬籠宿為木曾古道最南端的驛站，屬第四十三
座。舊屋和舊街道，顯現江戶時期的生活樣貌

妻籠宿聽水聲

長野縣中山道妻籠宿

被喻為「日本首座完整保留街景，有如時代劇真實布景」的妻籠宿，與中山道馬籠宿距離約八公里，正好形成一條舊街道的健行路線。由妻籠宿往南前進，從豎立中山道和飯田街道分歧點的石柱路標進入舊街道，不到十分鐘便抵達妻籠村落。從江戶一路數來，妻籠宿屬第四十二座。一面觀賞古老民宅，一邊步行上坡，聽到水聲時，便是男瀧、女瀧了。

繼續往村間道路前進，途中經過一石栃番所跡以及石路標、石板路等中山道遺跡。一石栃番所跡是昔日從木曾載運木材的檢查站。一八六九年以前，嚴禁砍伐木曾森林，違者，「伐檜木一株，斬頭一顆；伐枝一根，斷腕一隻。」十分嚴厲。

爬上坡，抵達標高八百零一公尺的馬籠山頂；之後，只要下坡經過山頂村落，三十分鐘左右即抵達高札場（日本古代行政機關的告示牌），這是往馬籠宿江戶方向的入口。

地景位置

長野縣。自中央本線南木曾站搭乘前往馬籠或保神的巴士，約七分鐘於妻籠站下車。

妻籠宿舊街道的格子窗建築

妻籠宿為木曾古道
的驛站之一，屬第
四十二座

妻籠宿的舊郵便局充滿盎然古意

飛驒山脈黑部湖

長野縣黑部湖

黑部湖位於長野縣北端，立山和後立山連峰之間，黑部峽谷黑部川的上游。

峽谷兩側，紅黃林木構成的錦毯，好比從天空席捲而來，甚是壯觀；每年冬天，黑部山區會降下豐厚雨雪，使得河川水量豐沛，由於峽谷落差大，早年即被視為建築水力發電廠的最佳地點，加上地勢險峻、氣候惡劣，施工程度相當困難，以致遲未動工。

直到一九五六年，關西電力排除萬難，著手被喻為「世紀工程」的峽谷水壩建造，前後花費七年時間，運用當時最先進的工程技術和科技機械，耗資五百一十三億日幣，以及一千萬以上人次的勞動力，歷經艱辛萬難，終於在一九六三年竣工完成「黑部水庫」。

完工後的黑部水庫，僅只提供豐富的水力發電能源，至於蓄水形成的湖面，以及水庫周遭壯麗的風景和豐富的動植物生態，相對成為立山大自然生態勝地。

從長野縣扇澤站搭乘無軌電車，穿越總長六點一公里的關電隧道，約十六分鐘即可抵達黑部水庫。水庫位於海拔一千四百七十公尺處，屬於穹頂拱壩式越流型，水壩高一百八十六公尺，為日本第一大高壩，也是世界頂級水庫；堤長四百九十二公尺，總蓄水量達兩億立方公尺。水壩下方右岸約十公里處，建有一座「黑四發電站」，最高可輸出達三十三萬五千瓦的電力。

位於立山和後立山連峰之間的黑部峽谷

從長野縣信濃大町搭乘巴士到扇澤站，再換搭無軌電車到黑部湖。

為了維護黑部湖周遭自然景觀，以及預防冬季冰雪危害，所有發電和變電設施都建造在地底；因此，遊客僅能見到地面壯麗的水壩建築和峽谷景觀。

另外，黑部車站旁建有水庫展望台，從無軌電車站下車後，沿地下台階朝上走約兩百二十階，即可達展望台，憑欄遠眺，整座黑部水壩建築和立山連峰、北阿爾卑斯群峰等美麗風光盡收眼底，初夏時節，遠近山頭依舊覆蓋皚皚白雪，湖面仍漂浮冰塊，山風吹來，仍覺寒意深深。

黑部水壩壯觀的洩洪景象

從黑部車站旁的展望台走約兩百二十階，即可達展望台，憑欄遠眺水壩建築和立山連峰

神明住在縹緲的立山上

富山縣立山

　　緊鄰長野縣，位於富山縣中新川郡立山町芦峅寺的立山，屬飛驒山脈，有日本阿爾卑斯山之稱；飄降山頂的冬日積雪，即使夏日到訪也得見雪白風貌。日本人讚譽這座巍峨氣派的聖山，在峻嶺的雲端彼方，神明一直住在縹緲的白色巔峰之間。

　　與富士山、白山並稱日本三大靈山的立山，位於中部山岳國立公園的北阿爾卑斯。以標高三千零一十五公尺的大汝山最高峰，連綿起伏的雄山、別山等三千公尺標高的山峰，都保存從太古時代以來最自然原始、氣勢磅礡的壯大景觀。

　　自標高五百公尺的立山車站到超過三千公尺的山頂，再到山麓的信濃大町，立山黑部阿爾卑斯山脈路線相連結，可見山麓到山頂無時不刻變化的自然姿貌。

富山縣中新川郡立山町。一般觀光客上山，大都從長野縣信濃大町乘車前往。

立山又稱「日本阿爾卑斯山」，與富士山、白山並稱日本三大靈山

閒遊於山林的野鳥，存活於高山的動物、蝴蝶，以及綻放於白雲花田間的高山花卉，還有被列為立山特有生物的遠古珍禽雷鳥，立山黑部阿爾卑斯山脈，儼然一座偌大的野外自然博物館。

　　黑部平是立山連峰往黑部湖延伸出去的平台，高一千八百二十八公尺。隧道電纜車全長零點八公里，坡度最陡處三十一度，約五百公尺，連結立山站到美平站之間的爬坡纜車，往返其間只需七分鐘，坡度上升快速，俯瞰山脈景觀，壯闊無比。

　　要想一窺雄偉的立山，須搭乘六種不同交通工具，高原巴士、電纜車、隧道巴士、空中纜車、地下纜車、關電山路巴士，全程以懶人登山法，一天之內搭乘六種交通工具，由山底繞行立山黑部一周。從富山地方鐵道的立山車站到長野縣扇澤，全長約八十六公里的高山山道，利用多種高山和高原巴士、有軌纜車，以及空中索道為交通工具，穿越立山與黑部峽谷的專用道路，猶如行進在山水無阻的天地間，一會兒立山高原，一會兒黑部峽谷，行雲流水好不暢快。

　　貫穿立山高原與黑部峽谷黑部湖之間的索道，據稱是為了建造黑部川第四發電所而修建的運輸道路，一九七二年全線開通，沿途峻嶺、深谷，開闊的天地，一覽無遺的壯麗山水，足以媲美瑞士高山美景。

天下第一騎兵武田信玄

標高三千零一十五公尺的
大汝山為最高峰

1. 長野縣

　　長野縣素有「日本屋脊」之稱，春天賞櫻，
夏天享受綠色群山，秋天楓葉，冬天雪景，別有
一番風情。自然景色豐富的長野縣，可品嘗信州
柿果、蕎麥麵等美食。亦可以享受溫泉，地獄谷
野猿公園的岩上溫泉泡湯的雪猴也是觀光景點！

長野縣信州名產柿餅

2. 中山道（木曾古道）

　　長野縣北方的中山道古驛站，古意的商家專賣
手工藝商品，草編、竹製、木屐，以及巧細優雅的
紙類品，價格不高，思古幽情，令人愛不釋手。

中山道古驛站
販賣草編鞋

3. 立山黑部

　　立山的醃漬物買得。
紀念品以珍禽雷鳥為圖案
的鑰匙圈、竹筷、明信片
居多。

長野縣信州名
產味噌漬

第四話

越後の龍上杉謙信

一期榮華一杯酒，
　四十九年一睡間。
生不知死亦不知，
　歲月只是如夢中。

——上杉謙信

抱必死決心而戰則生，
懷存活之念而戰則亡

一五三〇年出生越後國春日山城的上杉謙信，出身桓武天皇之後的平家。當上杉氏先祖憲顯令其子憲將繼任越後守，長尾氏的先祖長尾彈正左衛門以「執事」之職，一起赴任越後。後來，越後國的上杉氏衰微，領主上杉憲政經常遭北条氏欺凌，遂請託長尾氏襄助，長尾氏因而得以興旺起來。

本姓長尾，越後守長尾為景幼子的上杉謙信，小名「虎千代」，元服後改名長尾景虎，後又從姓上杉，名上杉政虎、上杉輝虎，出家後法號謙信，稱上杉謙信。

謙信的幼年時期是在兵荒馬亂的爭戰中度過，七歲時父親戰死沙場，家臣為父親舉辦喪禮，敵人藉機來襲，令他痛不欲生；父喪後，家督由兄長晴景繼承，家族卻因兄長鎮日沉溺酒色及病弱，屢屢藉故對謙信不利，導致分裂兩派。直到一五四八年，十九歲的上杉謙信被迫舉兵謀反，一五五〇年介入者上杉定實死亡，室町幕府才確認景虎為越

上杉謙信畫像

後領主。上杉謙信繼任家督，令長尾政景不滿，試圖攻擊景虎，反被降服。此後，知書達禮、標榜「義」理的上杉謙信不僅迎接上杉憲政，還向攻擊憲政所屬平井城的北条軍予以痛擊。二十三歲，他被朝廷授予從五位下彈正少弼官職。

先後得到關東管領上杉憲政和室町幕府將軍足利義輝賜名「上杉」姓氏的上杉謙信，篤信源自婆羅門教四天王之「多聞天王」，以及日本七福神之一的「毘沙門天」，並打著戰神護法毘沙門天大旗，成為戰無不勝，攻無不克的百勝將軍。基於謙信擁有高智慧的軍事統率能力，且以行俠仗義聞名，後世稱其「越後の龍」或「軍神」。

一五五三年，信濃葛尾城主村上義清因失去領地，頻向景虎求援出兵討伐，自此，上杉謙信與武田信玄進行了十餘年，斷斷續續共五次，著名的「川中島の戰」。一五六一年初，他又以上杉憲政的名義，請領十萬大軍包圍小田原城達一個月，始終無法攻陷，回到鎌倉鶴岡八幡宮後，上杉憲政請求幕府，於源賴朝木像下，讓上杉謙信確立繼承關東

上杉家的家紋

新潟縣南魚沼市北越銀行前的直江兼續雕像

管領一職以及上杉家名。

　　自從對關東的軍事行動陷入膠著狀態後，上杉謙信改與北条氏結盟，並收北条氏康的兒子三郎（上杉景虎）為養子，氏康死後，上杉氏與後北条氏的盟約撕裂；次年，北条氏與武田氏同盟，與上杉軍在利根川對峙，為免與強敵交鋒，上杉軍轉往西作戰。近十年間的爭戰，上杉軍占領由一向一揆眾控制的富山城，攻占能登七尾城，畠山氏被消滅。後再下末森城，追擊織田軍，獲得大勝，這是著名的「手取川の戰」，又稱「湊川の戰」。這場戰役使未及到達加賀，故而無法與軍神上杉謙信交手的織田信長感到遺憾。

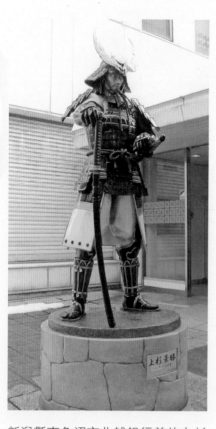

新潟縣南魚沼市北越銀行前的上杉景勝雕像

　　一五七八年，上杉謙信先是策反蘆名氏家臣山內重勝、大槻政通，同年三月準備再次攻打關東，竟在春日山城如廁時，因腦溢血猝逝，終年四十九歲。辭世詩句為：「一期榮華一杯酒，四十九年一睡間。生不知死亦不知，歲月只是如夢中。」隱喻人生似幻的哲思，傳述英雄超俗的沉重豪情，並流露戰國亂局的滄桑人世。上杉死後，法號「不識院殿真光謙信」，世稱「武尊公」、「霜臺公」。

　　上杉謙信過世後，坊間謠傳他於每月十日前後必會腹痛，還說，上杉家的軍記充斥著「十月十日謙信公腹痛」的紀錄，上杉軍甚至多次因謙信公每月十日左右必逢腹痛而取消出陣；《松平記》記載關東出陣時，上杉軍明明已經把北条軍打成落花流水，卻

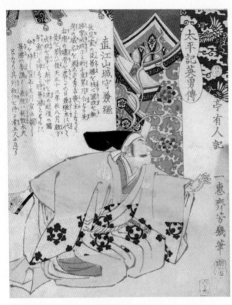

山城守直江兼續畫像（落合芳幾繪）　　　會津守上杉景勝畫像（落合芳幾繪）

因碰到六月十一日主公腹痛無法乘勝追擊。上杉軍和武田軍在川中島會戰時，上杉謙信也曾因腹痛一度消失。傳言謙信公的「腹痛」其實是「經痛」。

　　還有一說，上杉謙信原是女兒身？否則越後每年舉行的「謙信公祭」，為何找來的代言人都是「新視覺系」的人？電玩的上杉謙信模型為何被女體化了？

　　民間謠傳還提及，上杉謙信身為越後大名，要男人有男人，要女人有女人，但他不近男色，更不近女色，甚至未娶妻室，一心篤信佛法，僅領養了上杉景勝、上杉景虎、上條政繁、山浦景國等人為契子，實在怪異。這等說詞，是事實或純屬無稽之談，鑿鑿議論，姑妄聽之。

　　謙信死後，上杉家內部發生景虎為爭奪家督之位引起的「御館の亂」，後由上杉景勝在其家臣直江兼續等人協助下，把原為談判的上杉憲政及景虎的長男道滿丸殺死，上杉景虎兵敗，逃往鮫尾城，城將堀江宗親寢返，景虎在進退兩難之下，只得選擇自盡；為時三年的「御館の亂」終於平定，景勝繼承上杉家督之位。

上杉謙信的故鄉

新潟縣越後湯澤

毘

上杉謙信的軍旗，「毘」音ㄆㄧˊ。上杉謙信因信仰毘沙門天（多聞天王）而取「毘」字象徵軍旗

地景位置

位於新潟縣最南端與長野縣和群馬縣銜接處。

越後國，又稱「上越」，為古代令制國之一，屬於北陸道，也稱越州，越後國的領域相當於現在新潟縣。戰國時代越後國的領主為上杉氏，相傳上杉謙信和直江兼續都出生新潟縣的越後湯澤。

越後湯澤位於新潟縣最南端，地處長野縣和群馬縣銜接處，群馬縣與新潟縣的縣界聳立著綿延一百公里以上的三國山脈，兩縣被這一山脈阻隔。

越後湯澤以雪和溫泉聞名，人稱「雪國」；車站內的「越後酒博物泡恩酒館」，可享受加入酒的溫泉浴。車站旁的湯澤町，展示有近兩百幅世界名山照片的「白旗史郎世界山岳寫真美術館」，以及認識湯澤人文發展的「歷史民俗資料館」，館內展出戰國時代武將上杉謙信、上杉景勝、直江兼續等人的鎧甲，以及與文學家川端康成的成名小說《雪國》的相關資料。

從溫泉街的山麓車站搭乘纜車，登上海拔一千公尺的山頂，春天賞觀音蓮、夏天賞黃色百合花、秋天看落葉松的紅葉，冬天的越後湯澤呈現一片銀白色，充滿雪國寂寥的蒼茫意象。

直江兼續穿戴的鎧甲

越後湯澤因川端康成的小説《雪國》
而聞名，圖為《雪國》文學碑

新潟縣春日山城的上杉謙信雕像

戰國時代少見的軍神

新潟縣春日山城跡

春日山位於新潟縣西部的高田市西北丘陵地。十六世紀中期的武將上杉謙信曾在此修築春日山城，並以此為據點，統一了越後國新潟地區的大部分。春日山城規模宏偉，山上的堡壘和外城牆的遺址至今依舊保留，成為越後市民的休憩廣場。

春日山城遺址，現今被列為春日山城文史館，館內展示有上杉謙信生平事跡，以及春日山城的古城圖等歷史資料。

修築春日山城的上杉謙信備受越後國人民愛戴，後人稱「越後の龍」或「謙信公」，通稱「軍神」，其行俠仗義的作為留名歷史。官職「從五位下彈正少弼」，明治時期，天皇追贈從二位。

地景佐寶

新潟縣上越市大豆春日山城跡。

春日山城遺址，現為越後市民的休憩廣場

春日山城遺址，山門匾額「第一
義」為上杉謙信手書

上杉謙信在春日山築春日山城

越後之龍與佛

新潟縣春日山神社

上杉謙信生前篤信佛教，重然諾，他的部隊以「義」字為標幟。

由上杉謙信修築的春日山城遺址附近，尚有以上杉謙信的祖父創建的林泉寺，以及與上杉謙信相關的寺院和神社，如祭奉奈良春日大社分靈的春日神社，傳說是上杉謙信重建的五智國分寺。

十九世紀末到二十世紀初期，也即明治三十四年（一九〇一），民眾為祭祀上杉謙信，特別募款以「神明造」創建春日山神社，神社內的寶物館，收藏有上杉時代的軍旗、武器、戰具等遺物。據稱，春日山神社過去是謙信之姊、景勝之母，仙桃院在城中的住處。

地景位置　新潟縣上越市大豆春日山城跡山腰。

春日山神社參道

春日山神社鳥居

春日山神社正殿,收藏有上杉時代的軍旗和武器

天下第一陪臣

新潟縣御館公園

上杉家爆發「御
館の亂」的御館
遺址，現改為御
館公園

新潟縣上越市五
智1丁目22。

　　永祿三年（一五六〇），原名樋口兼續的直江兼續，出生越後
國坂戶城（今新潟縣南魚沼市），父親是長尾政景的家臣樋口兼豐，
湯澤町姓樋口的很多，因此，後人推斷直江兼續的出生地在越後湯
澤。

　　兼續幼名與六，五歲時，在武將上杉謙信的姊姊仙桃院的推
薦下，擔任上杉謙信的養子上杉景勝的貼身近侍，僅只五歲的孩
童，直江兼續即表現一般小孩少有的堅韌性格；小說傳述直江兼續
是個內心充滿愛與義的美少年，深受主公上杉謙信寵信。永祿七年
（一五六四），因長尾家的主公長尾政景（上杉景勝的親父）去世，
直江便跟隨上杉景勝進駐越後國御館。

　　天正六年（一五七八），上杉謙信腦溢血猝逝，上杉家爆發「御
館之亂」，時僅十八歲的直江兼續和父親樋口兼豐以機智協助上杉
景勝擊敗上杉景虎，快速占領春日山城，成為平定亂事的功臣之一。
「御館之亂」發生地的舊址，現已改為「御館公園」。

　　天正九年，景勝的親信直江信綱被毛利秀廣殺害，為免直江氏
斷後，兼續奉景勝之命入贅直江家，迎娶直江景綱的女兒、信綱之
妻阿船，繼承直江氏，正式改名為直江兼續，並且成為與板城城主。
之後，和狩野秀治共同執政，輔助景勝治理越後。時人把他和伊達
政宗的家臣片倉景綱並稱為「天下第一陪臣」。

上杉謙信的祖父創建的林泉寺

上杉謙信墓塚在林泉寺內

天正十一年，擅長使用重鎚作為武器，有「日本七柱槍」之一稱謂的直江兼續成為山城守。翌年，狩野秀治病倒，由兼續負責內政外交。家臣稱景勝為「御屋形」（主公），兼續為「旦那」（主人）。隔三年後，兼續陪同景勝上京，天皇冊封景勝為從四位下左近衛權少將，兼續為從五位下。

傳述「愛」的美德

新潟縣林泉寺

直江兼續與妻子阿船合葬在林泉寺

新潟縣上越市中門前。

直江兼續的旗幟以「愛」字為象徵，這是他受到世人矚目的地方。原為上杉謙信養子上杉景勝「陪臣」的兼續，才貌兼備，智慧高人一等，連豐臣秀吉都倚重他的才華。

天正十六年，豐臣秀吉賜兼續姓豐臣，以豐臣兼續的名字成為山城守。天正十七年，兼續和景勝出兵佐渡，後被委派管理佐渡。次年，又跟隨景勝參加小田原征戰，和松山城城代山田直安以及部下金子家基、難波田憲次降服若林氏，並占領八王子城等關東多處城池。文祿元年（一五九二）兼續和景勝參加文祿慶長之役，一起出兵朝鮮，取得戰功。

兼續為了恢復戰亂後的越後經濟，施行良策，鼓勵農民開墾新田，使越後國在日後成為日本稻穀主要糧倉，後來又實施手工業和商業並行發展的政策；在木綿尚未普及的年代，越後農民即種植被當作衣用纖維主要材料的薴麻，青薴麻織成的布匹在京都能賣到高價位，獲益極大。由於兼續「愛與義」的領導，越後國變得和上杉謙信統治時代一樣繁榮。

文祿四年，豐臣秀吉命令景勝管理越後，佐渡的金銀礦山，則由兼續擔任代官。

慶長三年（一五九八）豐臣秀吉改封景勝到會津，成為一百二十萬石的大名，其中出羽國米澤六萬石（加上寄騎有三十萬

石）賜予兼續，幾乎等同於大名的待遇。

　　元和五年（一六一九年），直江兼續病逝江戶鱗屋敷，葬於越後湯澤林泉寺，享年六十歲。據稱，兼續去世時，向來面無表情的上杉景勝放聲痛哭，可見兩人情誼深厚。

　　林泉寺山號春日山，屬曹洞宗派，長尾能景開基，祀奉釋迦牟尼，寺院題名匾額和「第一義」匾額，其書法全出自上杉謙信手筆，屬於上杉家寺。寺院幽深，寂靜空靈，一派悠閒適意。

林泉寺本堂

屬於上杉家寺的林泉寺

青春之城 · 鶴ヶ城
福島縣會津若松城

　　位於福島縣會津若松市追手町的會津若松城，又名「鶴ヶ城」，亦有稱「黑川城」及「會津城」，通稱「會津若松城」。歷代城主計有：蘆名氏、伊達氏、蒲生氏、上杉氏、加藤氏、松平氏等。

　　天正十七年（一五八九），初代藩主蘆名義廣長期以來便與伊達政宗不和，為爭奪會津地區，蘆名氏在摺上原之戰敗給伊達氏，逃往常陸國，後由伊達政宗進駐。

　　翌年，豐臣秀吉出兵後北条氏小田原城，下令伊達氏派兵協助，伊達政宗於戰前欺瞞豐臣氏，遲遲未下決定，幸而在「陪臣」片倉景綱提醒下，部隊最後還是出發上陣。豐臣氏本欲處死伊達政宗，伊達氏卻讓部隊全換上白色裝束晉見，以表忠誠。由於出兵有功，保住舊有領地，但豐臣秀吉仍沒收伊達氏在會津一帶的封地。

　　若松城多次易主，後來換成領有會津一百二十萬石俸祿的上杉景勝。

　　文祿四年（一五九五）一月，豐臣秀吉授命景勝管領越後、佐渡的金山、銀山。同年，原來的「豐臣五大老」之一的小早川隆景因病隱居，由景勝接替隆景空位，「五大老」分別為：內大臣德川家康、大納言前田利家、中納言毛利輝元、中納言上杉景勝、中納言宇喜多秀家。

　　慶長三年（一五九八），景勝移封會津一百二十萬石，是豐臣

地景位置

福島縣會津若松市。

政權下少有超過一百萬石的大名（其中出羽米澤六萬石為其家老直江兼續的封賞），後來改稱「會津中納言」，代替蒲生氏監視東北各大名，尤其野心極大的伊達政宗。移封會津，但景勝仍實際支配佐渡一國與越後東蒲原郡以及出羽庄內地方。其駐守的會津若松城在德川幕末、明治初期因奧州會津戰爭而成名城。

若松城歷代城主家紋展示牌

會津若松城又名「鶴ヶ城」

白虎少年隊

福島縣白虎隊紀念館、紀念碑

會津藩主松平容保

白虎隊紀念館，
會津若松市一
箕町大字八幡字弁天
下。白虎隊紀念碑，
會津若松市飯乘山。

　　奧州會津戰爭是明治初期戊辰戰爭中最關鍵的一役，戰火延燒到上杉景勝統治過的若松城。身為佐幕派的會津藩主松平容保，與明治天皇的政府軍勢不兩立，歷經一個多月的纏鬥，位於二本松市的二本松城陷落，象徵若松城的門戶大開，政府軍三千人迂迴突襲若松城，獲得壓倒性勝利。

　　入秋，若松城聚集了由會津藩各地前來抵禦政府軍的義勇軍，以年齡編列成白虎隊、玄武隊、朱雀隊、青龍隊等不同番號。其中白虎隊員大都是十五歲到十七歲未成年的青少年。三百四十三位白虎隊員在隊長日向內記帶領下，手持步槍，死守若松城、城郭與巷衖，奮戰中，白虎隊員負傷者被送往城東飯盛山的坡頂上急救療傷。

　　不久，若松市町著火，火勢擴大蔓延，濃煙密布沖天，二十位療傷的青少年遠眺山下城邑陷入火海，悲憤之餘，相繼拔刀就地自戕，此外，還有更多人集體自殺。政府軍尚且不准當地居民協助收屍安葬或樹碑題詞，任其屍骨遭鳥獸啄食。

　　戰事一直持續到松平容保投降，終告結束。是役，會津藩死傷千餘人，松平容保忍辱投降，被軟禁到鳥取藩，會津藩被迫遷移到斗南藩（今青森縣），會津人被稱「會賊」，居住地稱「白河以北一山百文」（一文不值的落後之地）。

　　明治十三年（一八八○），松平容保就任日光東照宮宮司，以

「白虎少年隊」
紀念雕像

從五位任職，一八九三年病逝東京，享年五十八歲。奧州「會津之戰」白虎隊少年的悲壯故事，被寫成小說，拍成電影，近年，由山下智久主演的《白虎隊少年》即屬其一。

會津若松車站前的「白虎少年隊」紀念雕像

飯盛山白虎少年隊的墓塚和墓碑

上杉謙信 ‧
歷史旅行の名景名產

會津若松城飯匙紀念物

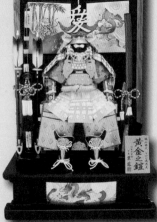

1. 新潟縣

　　川端康成的著名小說《雪國》以新潟縣越後湯澤作為故事發展的背景舞台，書籍暢銷以及榮獲諾貝爾文學獎之後，這個原本冷清的溫泉小鎮一夕間廣為人知，從東京到湯澤的交通非常便捷，是人們冬天滑雪、夏天郊遊或野營的好地方。可以這樣說，新潟縣的名物特產是「雪」。

2. 越後湯澤

　　到玩具店購買上杉謙信、直江兼續的組裝玩偶，日文稱「頑駄無」，如「上杉謙信頑駄無」等當紀念品。

直江兼續
盔甲紀念物

上杉謙信
頑駄無

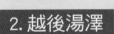

直江兼續
頑駄無

第五話 第六天魔王織田信長

人間五十年，與天相比，
不過渺小一物。
看世事，夢幻似水。
任人生一度，入滅隨即當前。

——織田信長

常被誤認為女人的美男子

一五三四年出生尾張國（今愛知縣西部）勝幡城的織田信長，幼名吉法師，人稱三郎，別號「第六天魔王」，是安土桃山初期，統率能力出眾，勢力強大的武將，更是戰國時代主要戰將之一；豐臣秀吉年輕時，因緣際會進入織田家擔任差役。

織田信長的青少年時代是個常被誤認為女人的美男子，身材高瘦、鬚髯稀少、音量高，喜好武技、不善飲酒；喜穿緊身黑短衫黑褲，手執日本執扇，天主教教士形容他是「黑衣包裹著一團赤紅烈火」的人；平日行為荒誕不羈、奇拔奔放，為人處事我行我素，遭人譏諷「尾張的大傻瓜」。但這種不拘泥身分、不以貴族大名自居，跟平民毫無差別地往來的好交情，反而成為他最大的特色。

一五四八年，信長與美濃國大名齋藤道三的長女齋藤歸蝶政治聯姻。行事作風雖詭譎，然而，自小稟賦特異，善於謀略，是天生的將才；長大後，統領織田軍在「桶狹間の戰」（今愛知縣豐明市）獲勝，就因多方蒐集情報，暗中布局，規劃戰略，竟能以三千兵力一舉

織田信長畫像

織田家的家紋

擊垮駿河國今川義元的大軍，即是一例。

　　身為嫡長子的織田信長於父親病逝後繼承家督，運用機智安撫或擊潰所有反對勢力，終焉統一了尾張國。年輕時代的信長和曾作為織田家質子（交換人質）的德川家康，有過一段美好的少年共遊時光，這段相處無礙的往事，日後成為兩人「清洲同盟」的助力。

　　話說一五六○年，位於尾張東北邊的駿河國，掌控有駿河、遠江、三河三國，國力如日中天，人稱「東海道第一弓」的今川義元，率領兩萬五千軍兵，對外宣稱四萬大軍，企圖前往京都觀見足利將軍，意圖藉機實現掌控中央的野心；由於上京路途遙遠，中途需經過尾張，織田信長不願臣服今川氏的喝令，決心興兵對抗。面對敵軍人數遠超過織田軍僅三千兵力的織田信長，以智謀略，發動奇襲，針對今川軍毫無規律的行軍模式，所形成力量分散的劣勢，利用當日傾盆暴雨，導致視線不良的天候，以迅雷不及掩耳之勢，衝入駐留在善照寺砦束南方「桶狹間」今川義元的本陣；是時，今川軍就在陣地擺開筵席，大宴將士，由於筵席飲酒過量，今川義元酒醉未醒，加上腿短身長，一片混亂的突襲斬殺中，戰馬受驚，導致整個人摔落馬下，旋即遭到信長的侍衛服部小平太的攻擊，外加另一名侍衛毛利新助也加入戰局，最後，醉酒的今川義元慘死在兩名侍衛手下。

　　「桶狹間の戰」使織田信長一戰成名，威震全國；兩年後，與德川家康結盟，開始一統天下的計畫。一五六七年，信長發動對美濃稻葉山城總攻擊，在內外配合的優勢下徹底打垮齋藤家，占領整個美濃。同年，遷居稻葉山城，改名「岐阜」（今岐阜縣），並製作「天下布武」之印，以岐阜為根據地，展開長達十五年的統一之路。

　　一五六八年，織田信長假藉擁立室町幕府第十五代將軍足利義昭為由，與德川軍聯合擊潰六角家、北畠家、三好家等諸侯，蠶食鯨吞拿下南近江國（今滋賀縣）、伊勢國、大和國、攝津國，把織田家勢力擴張到近畿和東海一帶。這時，越前國大名朝倉義景與淺井長政眼見情勢不利，聯手抗衡，造成信長北面受敵；行事霸氣的信長豈容芒刺在背，便再

105

第六天魔王織田信長

次與德川軍聯盟討伐，兩軍於「姊川の役」擊敗越前國。

兩年後，全國擁有勢力的大名以足利義昭將軍為中心，聯手抗擊信長，史稱「信長包圍網」。其中以武田信玄勢力最強大，武田氏本來打算藉機一舉擊潰德川家與織田家的聯軍，卻在重挫德川軍的「三方原會戰」後病死。此後，織田信長對各大名採行單向擊破的戰略，先行消滅淺井長政與朝倉義景，並於一五七三年將足利義昭逐出京城，不久，又與德川軍在「長篠之戰」，使用火繩槍武器，大舉擊敗武田勝賴率領的甲斐騎兵；至此，織田氏占據的城池囊括整個京畿地區，成為戰國大霸主。其強勢戰力，已然在亂世中，奠定威猛而不可動搖的地位。

成為大霸主之後的織田信長，於一五七六年遷往南近江新築的安土城，以此地作為他統一天下的基地。這時的織田家及其盟軍已經把勢力擴張到近畿、甲信、東海、北越、中國（本州西南部）、關東、四國等地，距離一統天下的目標越來越近。

織田信長掌權期間，撤除國境收取過路關稅的檢查站，積極鼓勵自由貿易，經由傳教士發展對外貿易，設立唐人方進行與中國貿易，獎勵技術革新。嶄新的商業政策促使戰亂中的市鎮逐步復甦繁榮，國家新氣象、新希望也逐漸明朗起來。

一五八二年，織田信長準備出兵遠征毛利氏，特別前往京都，短暫逗留本能寺，卻遭原令前往中國地方支援豐臣秀吉作戰的愛將明智光秀叛變突襲，火燒本能寺，雖經一番抵抗終焉慘死寺院中，時年四十九歲，史稱「本能寺の變」。

正史記載，本能寺之變，先是信長的貼身內侍森蘭丸被殺，年僅十八歲；眼看最喜歡的人橫死在自己面前，遂以武士刀剖腹自盡。但不少文獻記載，先是信長不堪遭

安土車站前
織田信長雕像

岐阜公園內的織田
信長騎馬雕像

受愛將明智光秀叛變，見大勢去矣，隨即自盡，再由森蘭丸焚燒屍體，隨後，被暱稱戰國
二大美少年之一的森蘭丸跟著主公殉死。

本能寺戰火熄滅後，森蘭丸、森力丸、森坊丸三兄弟的遺體，被京都上寺町淨土宗蓮
臺山阿彌陀寺的住持清玉上人安葬，森蘭丸戒名月江宗春居士。此外，現今京都本能寺設
有供養墓、大德寺三玄院設有牌位祀奉。

至於織田信長的屍骸，一說燒成灰燼，但明智光秀的女婿明智秀滿始終遍尋不到信長
遺體；又有一說，信長的遺體被僧侶與屬下祕密埋葬。本能寺之變時，信長的嫡長子織田
信忠得知消息，立即於鄰近的二条御所集結軍隊與明智軍對抗，最後不敵，自盡身亡。

不少戰國歷史研究者指出，豐臣秀吉是「明智光秀叛變」知情者，甚至是幕後策動造
反的黑手，又有說是明智光秀「失寵」引發殺機，但至今未有確實答案。

信長死後，織田政權的影響力轉移到豐臣秀吉及德川家康身上，織田氏的當主後來成
為豐臣秀吉和德川家康的家臣。一代梟雄的壯志未酬，竟慘死本能寺，悲哉哀哉之餘，其
瘋狂式的「創造性的革命家」的軍事謀略和商業政策，仍為後世所津津樂道。

金碧輝煌的安土城堡

滋賀縣八幡市信長の館

織田信長往返京都和居所岐阜城，經常寄宿到近江八幡安土漁村的安養寺，為便利起見，當嫡長子織田信忠繼任家督後，責令信忠和豐臣秀吉在當地修築新城。

據稱，修築安土城，動用近萬名民工，還遴選近畿一流的建築師設計。城堡建於海拔一百多公尺的山頂，樓高六十五公尺，城下大道貫穿，沿途興建民宅、寺院和武將大名居所。

一五七六年，織田信長將宅邸遷到北臨琵琶湖，西近京都的安土城。安土城鄰近豐臣秀吉的長浜城、明智光秀的坂本城，相互聯絡，十分便捷。從安土城發兵攻打中國毛利氏、甲斐武田氏、越後上杉氏更是方便。加上信長的武器工廠位於長浜城下的國友村，離安土城近，便於管理。

然而，就在一五八二年本能寺之變後，織田信長慘遭火攻身亡，憤恨的織田信雄以一把烈火將安土城焚燬燒盡，日本史上第一名城從此灰飛煙滅，消失無蹤。

一九九二年在萬國博覽會展出的安土城復原天守原型，被收藏到新建於滋賀縣近江八幡市安土町的「信長の館」，供民眾參觀。一樓展示和紙人形及日本全國一百名城寫真，五樓和六樓為「安土城」復原展示區，金碧輝煌的巨大模型，使用了十萬枚以上的金箔裝飾外壁，模型內部重現耀眼的壁畫，精巧細緻的手工繪圖藝術，令人讚不絕口。

地景佐置

滋賀縣近江八幡市安土町桑實寺。從安土車站前搭乘巴士約七分鐘。進館料金：大人 500 円、學生 300 円、小孩 150 円。

「信長の館」五、六
樓的安土城復原模型

織田信長粉墨登場

近江八幡市日牟禮八幡宮

近江八幡市是以「近江八幡火節」聞名的小城，織田信長每年正月都會在安土城下的日牟禮八幡宮舉行大型火把節活動，這個活動又名「左義長祭」。「左義長」指的是，用新收割的稻草編製成約兩公尺寬的火把，上面立了一枝三公尺長的竹竿，再用數千張紅紙裝飾花車，花車裡載運使用海產品或糧食，手工製成代表該年干支的動物圖樣，象徵吉祥。

約在正午前後，十幾輛「左義長祭」花車前後抵達日牟禮八幡宮，進行花車評選工作，繼而在「翹呀來、呀來呀來」的喊叫聲中，把花車抬出八幡宮，沿街遊行。

自古以來，抬花車的人都被叫「舞女」，因此，即便是男人也要上妝擦粉。原因必須追溯到戰國時代；據稱，當時的織田信長就在盛大的「左義長祭」慶典粉墨登場，於熊熊火光下，上場起舞，巡遊通宵，直到第二天傍晚，再將左義長花車抬回神社，祭典氣氛隨之達到最高潮。

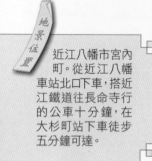

地景位置

近江八幡市宮內町。從近江八幡車站北口下車，搭近江鐵道往長命寺行的公車十分鐘，在大杉町站下車徒步五分鐘可達。

近江八幡城公園內的
豐臣秀次雕像

織田信長曾在「左義長祭」
慶典粉墨登場

牟禮八幡宮的火把節活動聞名遠近

近江八幡市的日牟禮八幡宮鳥居

八幡堀運河懷舊風貌

近江八幡堀運河

織田信長於本能寺之變亡故後的一五八五年，八幡安土一帶由豐臣秀次接掌管轄。豐臣秀次為豐臣秀吉的養子，因征伐四國戰役，取得戰功，受賞賜近江四十三萬石，始於八幡山營建八幡城，並接續挖掘了一條源自琵琶湖的引水運河，長六公里，寬約十五公尺。

原是八幡城護城河，現在通稱運河的八幡堀，具有護衛八幡城功能，兼備連接琵琶湖成為交通運輸要道；當年，基於建造八幡為商業城的遠大目標，豐臣秀次從安土招集不少商人與工匠，在八幡城周圍設置居住區，武士居八幡堀北邊，市井小民居南邊，西邊為商人區，東北邊則是工匠區。

挖掘運河的目的是讓來往的船隻，能在近江八幡靠岸，同時帶動地方繁榮。江戶時期，八幡商人利用八幡堀助長了這一地區旺盛的經濟，著名近江商人的生意哲學「三方好」：買方好，賣方好，社會好，便是透過水路交通與各地做生意時所發展出來的概念。

到了昭和後期，八幡堀囤積廢物，臭味四溢，使運河失去原有功能，直至昭和五十一年（一九七六）重新動工整修，耗時三年完成。平成四年（一九九二），八幡堀與新町通、永原町通、日牟禮八幡宮境內合稱「八幡」，重新展現舊昔風貌。

一衣帶水的水鄉古城，運河沿岸林立不少白色牆壁的舊倉庫，以及具古樸風情的住宅建築，不僅被遴選為「日本重要傳統建造物群保存地區」，更成為每年約三十部以上，時代劇的外景拍攝地。

地景位置

近江八幡市宮內町。從近江八幡車站北口下車，搭近江鐵道往長命寺行的公車十分鐘，在大杉町站下車徒步五分鐘可達，在日牟禮八幡宮旁。

近江八幡堀運河位於近
江八幡市宮內町

雨中的八幡堀運河
充滿詩情畫意

第六天魔王織田信長

坂本城與西教寺

大津市坂本西教寺

明智光秀建造的坂本城，現僅留下遺址

琵琶湖畔大津市坂本町。從大津市搭乘京阪鐵道線到坂本站，徒步約二十分鐘。

位於滋賀縣大津市坂本，比叡山入山口鄰近的西教寺，為天台真盛宗總本山，山號戒光山，奉祀阿彌陀如來，開基者聖德太子。與天台宗總本山延歷寺、天台寺門宗總本山園城寺同具知名度；比叡山知名的日吉大社就在附近。

元龜二年（一五七一），明智光秀在坂本興築居城。時值織田信長燒討比叡山，位居水陸交通要衝的比叡山損失慘重，連帶位於山下的西教寺也遭池魚之殃，本堂燒燬，三年後重新興建，明智光秀基於地緣和信仰的深厚關係，一併參與修復重建工作。

本能寺之變、山崎之戰後，豐臣秀吉廢除明智光秀，燒燬坂本城，明智光秀的部下卻仍暗中資助米和穀物，供養西教寺。據稱，明智光秀死後葬於西教寺重文之本堂的左前方石垣前，當今坂本城址公園內，立有明智光秀雕像、西教寺建有光秀供養塔，以資紀念。

坂本車站位於滋賀縣大津市，比叡山入山口附近

西教寺的明智光秀墓塚

西教寺內的明智光秀雕像

位於比叡山入山口鄰近的西教寺

火燒本能寺

京都市本能寺

建於一四一五年的本能寺位於京都市中京區，屬於法華宗本門流教派，奉祀日蓮曼陀羅本尊；曾有過多次被火燒燬紀錄，其中包括一五八二年明智光秀謀反叛變織田信長的事件，史稱「本能寺の變」。一八六四年因「禁門之變」被廢寺達百餘年。重建後的本能寺與原址不同，近年在鄰近四条通與堀川通交界附近的本能小學校，發掘出可能是本能寺原址的舊跡。

現今所見位於河原町通的本能寺，除了建有本堂正殿，尚有信長公廟。坐落鬧區一角，易於尋見的本能寺，不禁使人想起 NHK 電

地景位置

京都市中京區，鄰近河原町通三条大橋。另，本能寺跡位於鄰近四条通的堀川通上。

本能寺內的「信長公廟」

視台製作的「天地人」影集所彰顯本能寺之變，織田信長遭火焚身的慘劇，歷史久遠，不免慨嘆，人類奪權爭霸，怕只是為取得一己私念吧！

　　「本能寺の變」織田信長身故，叛變的明智光秀同樣也是輸家，十天後被豐臣秀吉殲滅，史稱「三日天下」，日本歷史從此徹底改寫。

屬於法華宗教派，奉祀日蓮曼陀羅本尊的本能寺

織田信長在「本能寺の變」中葬身寺院

本能寺の變
明智光秀興兵叛亂

「本能寺の變」
主角之一，叛變
的明治光秀

京都市中京區，
鄰近河原町通
三条大橋。

天正十年（一五八二），織田信長奪取以京都為中心的近畿全
境，他眼中的大敵，僅剩中國地區的毛利氏、關東地區的北条氏以
及北陸地區的上杉氏。

負責攻掠中國地方的豐臣秀吉取下毛利氏的鳥取城，織田信
長以瀧川一益為統領，聯合德川家康進攻北条氏。這時，上杉氏在
謙信死後，發生爭奪繼承權的「御館之亂」，最後由養子上杉景勝
掌權，上杉勢力依舊陷入困境。四國方面，織田信長派出大臣丹羽
長秀和三子織田信孝計劃渡海平定長宗我部氏。四十九歲的織田信
長，以安土城為據點，統率柴田勝家、丹羽長秀、豐臣秀吉、明智
光秀、瀧川一益等一干家臣，雄心萬丈準備結束戰國時代，朝統一
日本為目標。

是年五月十五日到十七日之間，織田信長召喚德川家康到安土
城晉見，明智光秀負責接待訪客，由於處事疏忽，光秀被解除招待
的職務。十五日，豐臣秀吉傳來求援訊息，織田信長於十七日命光
秀返回屬地坂本城準備應戰。五月二十六日，光秀領軍來到丹波龜
山城，準備征戰；二十八、二十九日，光秀到愛宕神社參拜，在文
人雅士的和歌會，發表了耐人尋味的和歌「今日時節，細雨紛飛五
月天」（時は今、雨が下しる、五月哉）。日文「時」的發音近似
光秀家的祖名「土歧」，「雨」則引伸有「天」之意，後世對光秀

本能寺燒討圖（明治時代楊齋延一繪）

明治光秀的家紋

這首和歌的言外之意有諸多揣測。

　　五月二十九日，織田信長為支援豐臣秀吉，親領百餘年輕侍衛從安土城出發，進駐京都本能寺，計劃在此集結部隊，嫡長子織田信忠則駐紮妙覺寺。六月一日，信長在本能寺舉行茶會。

　　當天下午，光秀率領一萬三千餘名士兵從丹波龜山城出發，宣稱「接受信長公檢閱」，向京城移動。翌日凌晨，橫渡桂川時，光秀突然對部隊大喊：「敵人正在本能寺！」軍士遂意包圍本能寺，起兵謀反討伐信長。

　　聽到兵器聲響的織田信長，以為衛兵醉酒鬧事，內侍森蘭丸打探報告：「好像是明智光秀大人發動叛亂！」信長遠望敵軍打出水色桔梗家徽的旗幟，冷冷說道：「情非得已」。便喚侍從取長槍出外迎戰。但光秀軍兵人多勢眾，信長在槍戰中負傷，森蘭丸忙喚信長逃脫，信長以大勢不妙為由，不肯離去，於是走回殿內自盡。

　　槍戰混亂之際，寺內引燃大火，加上本能寺地下儲存大量火藥，助長火勢，信長的屍骨隨灰燼消失，下落不明。

　　「本能寺の變」使幾近結束戰國亂世與統一全國的織田信長殞命，日本歷史從此改寫。

第六天魔王織田信長

順逆無二門，大道徹心源

京都市明智光秀の塚

一五二八年出生美濃國土岐源氏支族的明智光秀，一五七二年，被織田信長分封到近江國滋賀郡，築起坂本城，賜姓惟任，官至日向守。其後，又被信長任命攻打丹波國的波多野氏，一五七七年成功擊敗波多野秀治，成就一國之主，光秀於該地興建龜山城及福智山城，成為擁有指揮織田家附近城主的實權武將。後因「本能寺の變」，被豐臣秀吉統領的兩萬七千大軍，在「山崎の戰」的天王山擊潰，光秀的權勢僅維持十一天。

關於明智光秀起兵叛變的動機，眾說紛紜，有說怨恨信長、奪取天下的野心、守護朝廷等，卻未有明確見解。從他的和歌名言：「時在今日，天下當傾。」或可略窺其中一二！

相傳，「山崎の戰」明智光秀未被殺害，改姓南光坊天海，暗中協助德川家康推翻豐臣秀吉；又一說，光秀被憤怒的群眾用竹子在亂陣中刺死。光秀過世後，諡號慈眼大師；京都府的慈眼寺祭祀有明智光秀，牌位正面刻：「主一院殿前日州明叟原玄智大居士神儀」字樣，背面刻：「順逆無二門　大道徹心源　五十五年夢　覺來歸一元」，此為明智光秀的辭世詩。光秀死後，一說葬在立有辭世碑的大津市坂本西教寺；一說葬於京都圓山公園後山，知恩院舊山門左側的一本橋畔。

地景位置

京都市東山區三条通白川橋下東側，知恩院舊山門左側一本橋畔。

白川上的一本橋

白川畔明治光秀墓塚

知恩院舊山門左側的白川與飄揚的柳條

神宮有座信長塀

名古屋市熱田神宮

織田信長最為倚重的家臣丹羽長秀，曾在名古屋的熱田神宮治癒眼疾。史書上如是記載：織田信長最為倚重的家臣是柴田勝家和丹羽長秀，柴田精於戰陣，丹羽負責內政、外交和調略等事務，人稱「米之五郎左」。《信長公記》記載了一則軼聞：據說，織田信秀與齋藤道三交戰，齋藤的大將陰山掃部助的雙目為箭所傷，齋藤認為是所佩景清太刀引發的詛咒，把刀取下，供奉在牛尾山大日寺。不久，此刀為丹羽長秀所得，愛不釋手。說來奇怪，得到景清太刀後，長秀突患眼疾，幾乎不能視物，在同僚勸說下，前往熱田神社參拜祈福，才使眼疾痊癒。

信長極信任長秀，還把庶兄信廣的女兒嫁給他。第二次進攻犬山以前，長秀成功策反了敵方於久地城主中島豐後守和黑田城主和田新助。於久地與黑田兩城是犬山抵禦信長進攻的門戶，門戶盡失，不久後柴田、丹羽、佐久間等將又打破大道寺砦，織田信清眼看大勢已去，棄城逃往甲斐，犬山城遂被信長攻克。

丹羽長秀治癒眼疾的熱田神宮與伊勢神宮，並稱日本二大神社。

熱田神宮創建於第三世紀，重建於一九三五年。祭祀皇室三種神器：草薙劍、八咫鏡、八阪瓊曲玉，其中代表武力和威權的是草薙劍，同時也是歷代天皇傳承、象徵皇位繼承的神器。熱田神宮氣

熱田神宮擁有日本三大燈籠之一的「佐久間燈籠」

氛莊重肅穆，被稱「熱田の森」。

神宮占地十九多萬平方公尺，境內有兩座造景的雲見山和蓬米山，遍植高聳茂密的檜木、樟樹、櫸樹，其中一棵楠樹樹齡約千年，據說是弘法大師空海和尚親手所植，樹洞住有象徵吉祥物的長蛇。

神宮主殿外，尚有神樂殿、寶物館、神樂會館，其中寶物館收藏近四千多件寶物。

神宮內有一面「信長塀」，為織田信長於一五六〇年奉納修築，此外，記載名古屋歷史的二十五丁橋和日本三大燈籠之一的「佐久間燈籠」也是著名歷史景點。

織田信長於一五六〇年在熱田神宮奉納修築的「信長塀」

飛驒高山小京都

飛驒高山市

高山市綿延的青
色山脈

岐阜縣高山市。
從名古屋搭乘
JR東海旅客鐵道高
山本線到高山站。

飛驒高山位於岐阜縣西北，為日本列島的中心地帶，戰國時代是織田信長的領地。

這裡有險峻的山脈、峽谷，東邊是乘鞍山、穗高山、槍山，西邊是白山，南邊有可眺望風光明媚山景的御岳山，高山市是其中最廣大的盆地之一。

飛驒高山擁有八千年前繩文時代留下的文化遺跡。一三五○年前，隨著大化革新，這裡已有納稅習慣，據稱，飛驒山國沒米糧及錦織可納貢，便將壯丁送進城裡建造宮殿及寺院，作為另類進貢。

從飛驒來的壯丁為其他城市建造寺院，獲取經驗回到飛驒之後，集體發揮技術，共同建造了著名的「三佛寺廢寺」。直到目前，飛驒工匠建造寺院的技術，都能充分表現在傳統工藝之上。光是「古川町」一地，一九八六年還有多達一百二十三位藝匠。

室町時代末期，高山外記在天神山建城，城的附近被叫「高山」，這個稱呼一直沿用至今。

一五八五年，金森長近平定飛驒，重建城堡及城下街道，文化氣息再度振興起來。金森時代持續了六代，共一百零七年。當今著名的古川町便是由領主金森長近、金森可重父子，以增島城為中心，於一五七三至一五九一年整頓而成。

統治者金森長近為戰國末期、江戶初期的武將大名，原名金森

高山市城山公園的金森長近雕像

可近，曾分別擔任織田氏、豐臣氏、德川氏的家臣。「長近」二字是由織田信長取其名號
中的「長」字所賜。人稱五郎八、法印素玄、飛驒守、兵部大輔，是飛驒高山藩初代藩主。

　　金森長近時代，高山市的「瀨戶川」是人工挖掘的渠道；建城之初，是劃分武士和商
賈階級住宅區的主要界線。瀨戶川沿岸毗鄰綿延的「白壁土藏」建築群風格，堪稱古川町
代表建築。「瀨戶川」沿岸鋪設整齊雅致的石板步道，漫步閒逛，撩人心曠神怡。

　　德川幕府進駐，金森時代結束。一六九五年，高山城因戰事遭破壞，留存下來的城垣，
被指定為史跡，稱「高山城跡」。

　　從金森氏到德川幕府統治，高山的文化藝術繁榮至今，有「飛驒小京都」之稱。因留
存了濃厚的城下街道舊跡，成為中部地區著名的歷史文化市鎮。

簾幕下的高山陣屋

高山市高山陣屋跡

高山陣屋本是幕府將軍金森長近的宅邸，也是飛驒地區的政治中心、納貢交易場所。金森氏被迫遷移後，宅邸為德川幕府管轄，立為「市役所」。

外表好似寺院的高山陣屋，內部規劃宛如歐式皇家城堡，除了城主起居飲食工作間，尚有存放農民上繳的貢米糧倉、審問用刑的刑室、辦公間、廚房、庭園。

陣屋保存有數間偌大的倉庫、鋪設榻榻米的長廊以及如迷宮般的房間，其中兩間大得不成比例的「辦公室」，跟其他房間相比，顯得十分不協調。原來這兩間「辦公室」是江戶時代，金森長近被調遷山形縣之後，改換行政區，高山成為中央直轄市，陣屋才隨之為政府官員辦公室，故稱郡役所，其角色類似市政廳。為日本現存郡役所，最古老的一座。

古老的高山陣屋，靜靜躺在歷史之中，供人參觀，陣屋大門前，擺設無數攤朝市菜販。

約兩百年前，江戶時代的高山陣屋前即以米、桑、花等市場發跡，明治中期復有農婦將新鮮蔬菜加入朝市買賣，時日一久，陣屋門前自然形成清晨菜市場，夏天早上六時到中午十二時，冬天早上七時到中午十二時，可見成群婦人買賣生鮮的魚肉蔬果。

地景位置

高山市八軒町1丁目5番地。

高山陣屋的城主起居飲食工作間

高山陣屋內的榻榻米長廊

高山陣屋本是幕府的政治中心

紫色攀牆花，風來搖動

高山市三町筋老街

　　昔日商家雲集的高山市城下町中心的三町筋，素有「小京都」美稱，老街一長排細方格木窗屋前，恬適而優雅的牽牛紫花，鮮麗的舒展開來，一朵朵被燦明陽光愛撫過的攀牆花，充滿喜悅光澤，不置一辭的兀自在角落，沐浴她自許悠閒的風和日麗。

　　三町是上三之町、上二之町、上一之町、片原町、神明町4丁目橫跨東西約一百五十公尺、南北約四百二十公尺，傳統建造物群保存地區的總稱。

　　這一條保存百年傳統建築的景觀老街，深黑木色的古宅，流水潺潺的清澈小溝渠，可見小魚悠游其間，造酒屋前掛滿杉葉球的酒林，一派風情萬種，每一幢房子都是百歲以上，充滿淳淳典雅的古風情懷；一旁商店販賣當地特色的小吃，串燒、味噌湯、酒類，還有手工藝製品，茶杯、筷子、碗碟、古式梳妝台、布疋、木刻、漆器，漂亮又實用，漫步街道，不難感受江戶時代遺留下來，古老建物的美感藝術及建築風格。

　　未能得見攜刀武士、浪人、挑伕或蒙面忍者，眼前倏然現影遊客乘坐舊式人力車，自亮燦燦的陽光裡輕緩而來。嘿，金色陽光、深黑木色的小格窗、窗櫺上的紫色攀牆花，使人恍惚跌落到金色、黑色和紫色交織而成，莫辨詭譎的江戶舊街裡。

地景位置

高山市上三之町，距高山車站約八百公尺。

第六天魔王織田信長

高山市三町筋老街充滿懷古景色

櫻山八幡神社屋台藏

飛驒高山祭森屋台

高山祭屋台「屋台藏」收集的世界第一大鼓「高山祭鼓」

高山市千島町。可在高山車站搭乘巴士前往まつりの森站

存放在「山中巨蛋展示館」，又稱「獅子會館」的高山祭屋台「屋台藏」（飛驒高山まつりの森），每年總會有四台八幡祭使用過的屋台被運送到會館展覽。

一旦走進這座日本最早的「地中」大山洞，放置在甬道兩側，展示號稱世界第一大鼓的高山祭鼓，祭鼓又稱「水晶部屋」、「日本第一神輿」、「世界第一大太鼓」。

坑道陳列的屋台大都建造於十八世紀，每一座屋台都經過不同藝匠精心設計，約二、三層樓高，下層車輪，中層看似轎身，頂層可坐人，屋台外側裝有與人同高大小的活動式人偶。

只在高山祭典才會推出遶境遊街的各式華麗屋台，每一座的造型迴然不同，神樂、金雞、臥龍、金時、福壽、龍虎、力神、龍王等彩車，是集木工、塗漆、雕刻、鑲金、織造、繪畫、人偶等日本傳統工藝與技術之大成。

每座屋台的共通點幾乎極盡金碧輝煌之能事，華麗的裝飾材質若非純金，即以金線繡成的織錦，價值不菲，其令人好奇的神祕處，竟是屋台裡裝設的各類機關。

每一座屋台頂部的活動人偶，都藏有專人精密設計的機關，高山祭巡遊之際，人偶師傅會事先坐進屋台空廂，外面放置織錦帷幕遮蔽，隱藏在視線之外，再利用機關，遠距離操控屋台上的電動人

偶，這時，人偶轉動手腳、頭部和身體，更可騎馬跳躍、翻筋斗、跳祭神舞，自然而生動。

起源自十六世紀，發展至今，每年春秋二季舉行的高山祭，是飛驒地區最具代表性的祭典，因為設計高明，被列為國寶級文物，以及日本三大重要祭典之一。

氣勢宏偉的「屋台藏」
福壽臺

飾華麗的「屋台藏」
龍王臺

織田信長・
歷史旅行の名景名產

「信長の館」販賣
的小型安土城積木

1. 近江八幡市

近江八幡市位於琵琶湖畔，著名的水鄉，到「信長の館」可以買「城堡樂高」把被燒燬的安土城組合起來。

戰國武將

132

歷史之旅

2. 坂本町

坂本位於京阪鐵道線坂本線最終站，這裡是比叡山登山口，漫步走路約十五分鐘到纜車站，可搭纜車前往歷史名寺延曆寺。

飛驒高山土產店

3.高山市

　　從名古屋搭乘汽車到飛驒高山市需時四小時餘，沿途山景時而明媚，時而壯麗；長時間乘車難免辛勞，一旦到達寧靜的高山盆地，心情即刻舒暢起來，有不虛此行的體悟。高山釀產的酒清醇，裝瓶別緻，可買幾瓶回家當紀念物。

　　岐阜縣著名的飛驒之里合掌造，於《櫻花武士歷史之旅》另文詳加介紹。

高山市生產的日本酒，外觀巧小玲瓏好攜帶、好收藏

岐阜縣名產栗菓子

高山市特產之一燒番薯

世界文化遺產合掌村之美景

第六話 太閣殿下豐臣秀吉

吾掌握日本，欲王則王，
何待髯虜之封！
且吾而為王，
　　　何以對天皇！
　　　　　　　——豐臣秀吉

吾掌握日本，欲王則王

天文六年（一五三七），豐臣秀吉出生尾張國愛知郡中村（今愛知縣名古屋市中村區），乳名日吉丸，父親彌右衛門，為下級武士，曾在尾張蜂須賀氏麾下從事僱傭雜兵，專司修理兵器鍛造；母親大政所，平日篤信日吉權現（太陽神），經常向神祇祈求能為夫家生個男丁。某日夜眠，夢見太陽進入體內，不久，果然懷孕生下秀吉，母親認為孩子是日吉權現所賜，便為他取名日吉丸。據傳，秀吉出生後是多指畸形患者，右手長了兩根大拇指。七歲喪父，八歲母親改嫁，豐臣秀吉被送往光明寺當小沙彌。

秀吉的少年時代常在尾張、三河、駿河等地做雜役，與尾張山賊蜂須賀正勝頗有交情。

有此一說，年輕時的秀吉和忍者之間互動頻仍，是個謀求武士職位的浪人之流。他曾屈身遠江國引馬城支城頭陀寺城松下之綱的部下，直到天文二十三年（一五五四）才得以到清

被稱「豐太閣」的豐臣秀吉畫像

豐臣家的家紋

洲城擔任織田信長的侍者，負責替信長拿草鞋，冬寒天冷時，他會先將草鞋放進懷裡暖鞋，因而獲得信長歡心，看他個頭矮小，倒也忠心耿耿，便喚他綽號「猿」、「禿鼠」。

隔年，他陪同信長的側室生駒吉乃回到小折城的娘家生駒屋敷，經吉乃介紹成為生駒氏親戚蜂須賀氏的家臣。一五六一年與淺野長勝的養女寧寧自由戀愛結婚，後從妻姓更名為木下秀吉，正式仕奉織田家。《武功夜話》記載，秀吉曾受信長之命，在墨俣河上的沖積三角洲，以一個晚上時間築起一座城砦，作為進攻美濃國的前哨站。

一五六八年，豐臣秀吉改名為木下藤吉郎，因與淺井長政和朝倉義景作戰有功，一五七三年被封為近江國今浜城（今長浜城）城主，後又改木下姓，取丹羽長秀和柴田勝家姓中各一字為「羽柴」，叫「羽柴秀吉」。之後受命攻略中國地方，任播磨國國主，根據地為姬路城，先後征服但馬國、因幡國，使備前國和美作國的宇喜多氏服膺，並與廣島的毛利輝元作戰。

一五八二年，織田信長愛將明智光秀受命支援正負責攻掠中國地方的豐臣秀吉，途中發動兵變，擊潰投宿在本能寺的織田信長，信長焚燬本能寺，切腹自盡，嫡長子織田信忠戰敗亦自戕身亡。事發當時，豐臣秀吉正圍攻備中國的高松城，由於報信者失誤，事變三天後才獲知消息。由是，在毛利氏大老小早川隆景主導下，豐臣氏與毛利氏迅速議和，五天內「強行軍」兩百公里，趕返京城，隨即與明智軍展開決戰。這次的長途行軍，史稱「中國大返還」，軍隊行動迅速快捷，震驚了京城的明智光秀和各城主。

班師回朝，秀吉以信長之名，成功收服流竄各地的信長舊屬，又在「山崎の戰」大敗明智光秀。豐臣秀吉的功績在清洲城重臣會議上，獲得多數織田氏家臣的支持，共同擁立尚在襁褓的信忠之子秀信繼任家督。但同屬織田氏重臣的柴田勝家，卻擁立信長三子織田信孝對抗豐臣秀吉。隔年，雙方決裂，勝家出兵攻打秀吉，結果勝家兵敗自盡，織田信孝

豐臣秀吉擔任領主的長浜城

被殺，丹羽長秀和池田恆興歸順，豐臣秀吉完成織田氏舊部統一。

一五八三年，豐臣秀吉在石山本願寺的舊址建造「大阪城」；一五八四年，織田信雄聯合德川家康，跟豐臣軍展開「小牧·長久手の戰」。擁有優勢兵力的豐臣軍直撲德川領地，造成大將「鬼武藏」森長可戰死，迫使雙方議和，德川軍歸順豐臣軍，讓豐臣秀吉意圖展開信長未竟完成的統一大業，又向前邁進一大步。

一五八五年，豐臣秀吉率大名聯軍攻打剛統一四國的長宗我部氏，迫使歸降。隔年，為了拉攏德川家康使其成為助力，豐臣秀吉將令妹旭姬嫁給德川家康為正室，甚至把母親大政所送到家康身邊當人質，德川家康此後臣從秀吉。同年，秀吉受天皇賜姓「豐臣」，就任太政大臣，掌握中央政權。一五八七年，攻打九州的島津氏，完成西日本統一。直到一五九〇年，遠征關東，擊敗北条氏，使陸奧國的伊達政宗等東北諸大名一一歸順，至此，完成全日本的統一。

一五九一年，豐臣秀吉將關白之位讓給外甥豐臣秀次，自稱「太閤」，此後，太閤成為豐臣秀吉的專稱。現代人以為「太閤」專指豐臣秀吉，其實不然，依平安時代慣例，攝政或關白將其官位讓給自己的兒子後，即稱「太閤」；日語中有句諺語：「弘法（指空海法師）奪大師，秀吉奪太閤」就是這個意思。史學家大多稱豐臣秀吉為「豐太閤」，現今土生土長的大阪人則尊稱豐臣秀吉為「太閤君」。

一五九二年，為達成「定都北京」的夢想，豐臣秀吉於文祿元年發動「文祿の役」，以西國為主的諸大名約二十萬軍力強行攻打朝鮮。起初的大名聯軍攻勢猛烈，先後攻占朝鮮首都漢城與陪都平壤。然而，朝鮮水師在李舜臣指揮下屢破聯軍艦隊，加上明朝派遣龐大援軍，給了大名聯軍重創，死傷和損失慘重，豐臣秀吉於一五九三年接受明朝議和的條件，暫告停止侵略朝鮮的計畫。

文祿五年（一五九六）九月，豐臣秀吉歡喜迎接明朝和朝鮮議和使者到日本，以宴饗之。然而就在宣讀國書後，始知議和實為冊封，原來是大明王朝欲封豐臣秀吉為日本國王。秀吉感到受騙欺辱，大怒道：「吾掌握日本，欲王則王，何待髯虜之封！且吾而為王，何以對天皇！」本欲砍殺明朝使節，遭家臣勸止，於是下令驅逐明朝使節。不久，二度派遣大軍攻打朝鮮。這一次，大名聯軍盤據釜山，進逼漢城。後來，明朝援軍約八萬進駐朝鮮，加入戰鬥行列，大名聯軍再度受阻陷入困境，被迫死守海岸倭城，史稱「慶長の役」。

　　豐臣秀吉「定都北京」的大夢終焉破滅，一五九八年八月十八日病逝伏見城，享年六十二歲，臨終前，託付前田利家監視德川家

名古屋市中村區太閤通，前往中村公園的大鳥居

位於大阪城公園「豐國神社」的豐臣秀吉雕像

康，輔佐豐臣秀賴。侵略朝鮮的大名聯軍也在石田三成為首的「五奉行」安排下，向明朝隱瞞秀吉的死訊，隨後與明朝議和並從朝鮮撤軍。

豐臣秀吉死後戒名「國泰祐松院殿靈山俊龍大居士」，遺體安葬京都東山區方廣寺鄰近的阿彌陀峰山頂，並於山麓建立作為鎮守社的豐國社，稱「豐國神社」；他的辭世之句為：「身隨朝露而生，隨朝露而去，我這短暫一生，如巍巍大阪氣勢盛，也只是，繁華夢一場（露と落ち 露と消えにし 我が身かな 浪速のことは 夢のまた夢）。」

由於織田信長曾於根據地近江築安土城，豐臣秀吉於京都伏見築桃山城，因此，從一五七四年到一六〇二年這一階段，日本史稱作「安土桃山時代」。

豐臣秀吉沿襲織田信長的經貿政策，以「樂座樂市」和朱印船貿易等方式振興商業，以控制城市；鑄造貨幣等政策規範金融；用丈量田畝的「太閤檢地」政策確立稅制；發布「刀狩令」，使農民、寺院繳出刀槍鐵砲；徹底施行兵農分際，為戰國之後的幕藩體制立下根基。

束帶唐冠的豐太閣肖像

名古屋市常泉寺

名古屋中村公園之東的常泉寺，矗立豐臣秀吉雕像

　　豐臣秀吉於一五三七年出生尾張國愛知郡中村（今愛知縣名古屋市中村區）。名古屋是一座現代感十足的城市，隱含草莽的粗獷風味，地理位置介於東京與大阪之間，所以又有「中京」之稱。

　　名古屋車站是日本中部地區最大的交通樞紐，「榮」一地錯落百貨商店、辦公大樓、飲食店等，是名古屋最繁華的街區，渾然一體的地底建築，蔓延成日本最大規模的地下街。

　　一六〇六年，加藤清正一族的和圓住持日誦上人為了祭奠豐臣秀吉，在秀吉出生地的中村區中村町一帶創建常泉寺。山號太閣山，屬日蓮宗派的常泉寺，境內矗立有豐臣秀吉銅像、秀吉誕生時使用的「產湯の井戶」、秀吉手植的「柊樹」，寺院內尚收藏有長約二尺餘，興山上人（木食應其）彫刻的豐太閣肖像束帶唐冠。寺苑景色清雅幽靜，值得閒遊。

豐臣秀吉在常泉寺的產湯の井戶

豐臣秀吉在常泉寺
手植的柊樹

山號太閣山，屬日蓮
宗派的名古屋常泉寺，
鄰近豐臣秀吉出生地

他說：有朝一日要奪取天下

名古屋市豐國神社

史書介紹豐臣秀吉時，特別強調：出生鄉下農家，自幼頑皮、機靈又不服輸，當他少小離家流浪，三餐不繼時，仍愛誇口告訴別人，有朝一日要奪取天下，拯救萬民。

稍長，結束滾滾風塵的流浪生活後，他以跟隨織田信長牽馬過日子開始志在天下事業，並與信長的命運緊密結合在一起，從協助「桶狹間の役」，到獨當一面在美濃之役奪得勝仗，成為織田信長賞識的親信，更因本能寺之變後的「山崎の戰」，為織田信長復仇有成而躍登霸者之尊，後來追隨信長的腳步，逐步完成全國統一。

明治十七年七月（一八八四），時當名古屋縣令的國貞廉平，特地在豐臣秀吉出生地，盛大興建紀念秀吉的「豐國神社」，翌年一月竣工，八月神社創建，主祭豐臣秀吉。前往名古屋「豐國神社」，需由中村區太閣通所在的中村公園大鳥居過路。

地景位置

名古屋市中村區中村町字木下屋敷，中村公園內。

名古屋中村公園，豐國神社的鳥居與參道

中村公園豐國神社本殿

名古屋豐國神社社殿東側，豐臣秀吉
誕生地碑

湖畔冷颼颼的長浜市

滋賀縣長浜市

天正元年（一五七三）織田信長率軍三萬，擊敗北近江大名淺井長政，長政自盡，享年二十九歲，墓塚在長浜市德勝寺。隨後，淺井的舊屬歸織田家所有，豐臣秀吉被封為近江國今浜城城主，並將城名改為長浜城。

位於琵琶湖東北部的長浜市，是豐臣秀吉建造的長浜城的城下町而發展起來的市鎮。這裡有連接中山道和北陸的北國街道，迄今仍保留過去的街景。

著名景點有一八八二年完工，日本現存最古老的車站「舊長浜車站」，以及由舊商家和倉庫改造成的商店黑壁廣場，甚至長浜鐵道紀念館、明治天皇行館慶雲館、二段目左側琵琶湖竹生島等。近年來，長浜市的玻璃工藝十分盛行，臨湖而建的長浜城，坐落於長浜車站前的「豐公園」內。長浜車站後方立有豐臣秀吉和行政幕僚石田三成的雕像。

古樸的長浜車站，饒富典雅氣息，因毗臨琵琶湖而建，夏日陽光燦明，奪目絢麗；冬日酷寒，冷氣逼人，別具水鄉風情。

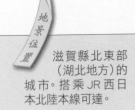

地景位置

滋賀縣北東部（湖北地方）的城市。搭乘 JR 西日本北陸本線可達。

長浜車站後方矗立豐臣秀吉和行政幕僚石田三成的雕像

長浜市的玻璃工藝十分盛行，圖為
長浜車站內的玻璃圖騰

長浜鐵道紀念館

鄰近琵琶湖畔的長浜車站

太閣殿下豐臣秀吉

琵琶湖畔長浜城

長浜市長浜城

天正元年（一五七三），豐臣秀吉跟隨織田信長攻打淺井長政立功，獲得淺井家領地，時稱「今浜」，後更名「長浜」。

豐臣秀吉花費四年時間在領地建造完成長浜城，城內的水門可讓船隻直接出入琵琶湖航行，他甚至把城下町移到現今長浜市湖北町伊部的小谷城下。當前的城下町尚保留部分舊時面貌，包括豐臣秀吉最初居住的地方，以及他在城下町經營養成的所在。

現今長浜城，一九八三年時，以犬山城和伏見城為藍本，被模擬復原修築完成，並改為市立長浜城歷史博物館。當年，豐臣秀吉以十二萬石的長浜城，在織田家占據要職，並在此發掘「賤岳七本槍」等武將，以及石田三成等行政幕僚，讓他在後信長時代有足夠文臣武將為他奪取天下。

站在豐公園仰望長浜城與豐臣秀吉雕像，天守閣裡展示有當時火繩槍的製作方法，以及近江、賤岳、小牧山等讓豐臣秀吉揚名的重要戰役的介紹。

地景位置

長浜車站正前方，約一百公尺處，近琵琶湖。

豐臣秀吉的家臣石田三成
出生於長浜市石田町

長浜城建築歷史沿革牌

豐臣秀吉花費四年時間
在領地建造完成的長浜
城。而現今的長浜城，
為一九八三年時重新修
築完成。

八百染井吉野櫻

長浜市豐公園

位於長浜車站前，長浜城下的豐公園，相隔琵琶湖僅百餘公尺，因與曾任長浜城主的豐臣秀吉有關，故名「豐公園」。

明治四十二年，豐公園建造完成，最初以公園內的長浜城歷史博物館為重心，後又相繼設立洋風庭園和噴水池、兒童公園、游泳池和網球場；園區種植有八百株染井吉野櫻樹，曾獲「日本櫻名所一百選」；櫻花盛開期，從長浜城天守閣展望台眺望，眼下白櫻彷如花海一般壯觀，夜間時辰，園方會捻燈照耀，讓遊客欣賞櫻花與燈光相互輝映成詩般光影的夜櫻景致。

冬日豐公園，天空下起斗大雨滴，這寒冬水季，使整座公園像塊不透光的毛玻璃，一片灰濛濛，就連坐落其間的長浜古城，都像是酣睡似的讓雨水不斷打在身上。

豐公園就在琵琶湖畔

地景位置

長浜車站正前方，約一百公尺處，近琵琶湖。

豐公園的
大型石燈籠

豐公園種植有八百株染井吉野櫻樹，為日本賞櫻名所一百選之一

戰國時代第三大城

金澤市金澤城

　　金澤城是石川縣金澤市的城堡，江戶時代屬於加賀藩藩主前田氏的居城，又稱平山城。

　　一五四六年，本願寺建造尾山御坊，成為加賀一向一揆本願寺的根據地。天正八年（一五八〇）織田信長家臣佐久間盛政攻陷尾山御坊，改稱金澤城，賤岳之戰後遭豐臣秀吉控制，改名尾山城，成為豐臣秀吉政權下五大老前田利家的居所。

　　一五八〇年織田信長的部將佐久盛政率兵攻破尾山寺院（金澤御堂），修建尾山城。信長死後，盛政的部隊又被打敗，直到

又名平山城的金澤城橋詰門一の門

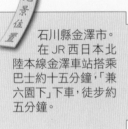

地景位置

　　石川縣金澤市。在 JR 西日本北陸本線金澤車站搭乘巴士約十五分鐘，「兼六園下」下車，徒步約五分鐘。

一五八三年，受命統治能登的前田利家，從七尾小丸山城入境，統治加賀、越中、能登三地，更在金澤建立城下町，改名金澤城。

一五九八年，豐臣秀吉過世，德川家康順勢抬頭，五大老之間開始區分以石田三成為首的文臣派，以及以德川家康為首的武將派兩大派系，兩派互不相讓，為此，前田利家疲於奔命調和雙方，以至一五九九年因煩悶憂慮，病逝大阪城。

前田利家去世，使唯一能有力制約德川家康的因素消失，直接影響後來豐臣家滅亡。

石川縣金澤市的金澤城，屬於加賀藩藩主前田利家的居城

金澤城著名的三十三間長屋

矗立在金澤城的前田利家雕像

雪見橋上映照徽軫燈籠

金澤市兼六園

兼六園是豐臣秀吉五大老之一前田利家的後花園，以腳狀如琴柱的徽軫燈籠而聞名，現成為兼六園代表性景物。

前田氏五代藩主綱紀於現今三芳庵附近建造蓮池御亭，稱蓮池庭，這是兼六園的起始。後來，十二代藩主齊廣特請白河樂翁為該園命名。因兼六園兼具宋代李格非所著「洛陽名園記」中描述的「宏大、幽邃、人工、蒼古、水泉、眺望」六勝，所以樂翁依照這六種意境而命名「兼六園」。

占地約十萬平方公尺的兼六園為人工造景的迴遊林泉式園林，四季景色各異、各有所勝，古典的百間崛、石川門，一景一物，均為佳構。十七世紀開始擴建，直到一八四七年才正式對外開放。園區共植有五千多株花木，以及小橋、飛瀑、石燈籠、水榭亭台，細心觀賞，可體會花草樹木反映的四季風情。三月梅苑，紅梅、白梅競逐綻放，明媚梅花的清香給早春的兼六園帶來無邊好景色。四月櫻花季，染井吉野、裡櫻、彼岸櫻等各式品種四百株以上，有幾株櫻樹的樹齡達三百年之久。

庭園深深的兼六園，徽軫燈籠台座高聳日光四射的秋雲，人在兼六園月見橋，凝視霞之池邊的內橋亭，悠然水波被漣漪推擠到水池彼岸的雪見橋上、花見橋上、雁行橋上，一派徒然。

櫻葉樹影下的「兼六園」，與水戶的「偕樂園」、岡山的「後樂園」並稱日本三大名園，是到金澤市旅遊必訪的名景。

地景位置

石川縣金澤市。在 JR 西日本北陸本線金澤車站搭乘巴士約十五分鐘，「兼六園下」下車，徒步約五分鐘。

兼六園是前田利家的後花園，裡面的
蓮池御亭，景色幽美宜人

兼六園的小橋雪見橋、花見橋、雁行橋，
橋名極富詩意

太閤殿下豐臣秀吉

兼六園以腳狀如琴柱的徽軫燈籠而聞名

不死鳥の城

兵庫縣姬路城

與松山城、和歌山城並稱「日本三大連立式平山城」的姬路城，擁有「日本第一名城」稱譽

地景位置

兵庫縣姬路市本町 68 番地。入場費：大人 400 円、小孩滿五歲到中學生 100 円。交通：JR 西日本旅客鐵道山陽新幹線姬路站。

姬路城位於兵庫縣姬路市，建於一六〇九年，是日本規模最大的平山城，與松山城、和歌山城並稱「日本三大連立式平山城」；由於姬路城得天獨厚受到老天眷顧，未因戰爭、地震或火災而毀損，且得以保存最初原貌，因而被稱「日本第一名城」，更是日本第一個被聯合國教科文組織登錄的世界文化遺產。

姬路城最早建築時間，可追溯到室町時代，播磨國豪族赤松氏在姬山建築簡易的防禦工事開始，到了安土桃山時代的天正五年（一五七七），奉織田信長之令征伐毛利元就的豐臣秀吉，受小寺氏一族協助，於現址建立前線基地，此時的姬路城才稍具規模。史料記載，最初的姬路城十分簡陋，天守

閣的樓閣高度僅有三層，直到德川幕府時代，才由德川家康的女婿池田輝政加以改建成現今地上五層六階，地下一階的規模。

入口處的「菱之門」，是安土桃山時代至今僅存最大的城門建築。姬路城建造期間，以高超成熟的築城技術，與擁有壯觀的連立式天守群被讚譽，白色城牆不論遠望近看，彷彿輕舉手臂即可觸摸得到，加上蜿蜒屋簷的造型，猶如展翅欲飛的鷺鷥，因此，又稱「白鷺城」。

軍事上或是藝術上都受到極高評價的姬路城，城郭高達三十一公尺，外觀堅固宏偉，造型優美，號稱日本第一；除了「白鷺城」雅號，還有「不死鳥の城」的傳說，主要原因為姬路城自戰國時代以來，長期處在戰亂中，加上第二次世界大戰期間，兵庫縣曾遭盟軍猛烈轟擊，但八十二棟姬路城所屬的建築物均被完整保存下來，因而又有「不燒の城」、「奇蹟の城」等稱謂，尤其建築城牆使用的白色防火灰漿，後來更被廣泛應用在其他城郭外部的牆壁上。

從大手門護城河攀登走上姬路城天守閣，起初，這一座巍峨的城堡，在廣場中遠望，顯得十分渺小，一旦登上人工堆砌的石階高台，迴轉步行，宛如一隻駐守在天空中的大鵬鳥，把人圍住，使人感到天地大無邊際。

姬路城內展示的官將戰鎧

從姬路城可以鳥瞰姬路市全貌

豐臣秀吉奉織田信長之令征伐毛利元就，在姬路城現址建立前線基地。姬路城是日本第一個被聯合國教科文組織登錄的世界文化遺產

太閣殿下豐臣秀吉

跟姬路城借景

姬路城好古園

位於姬路城入口護城河後方不遠處的「好古園」，為戰國末期、江戶初期播磨姬路藩初代藩主本多忠政營造的武家屋敷，後來，本多氏又在西御屋敷興建庭園。占地廣大的好古園，包含了九種江戶時期不同庭園設計的風貌。包括：築地塀、屋敷門、長屋門、渡廊、雙樹庵、休憩所「活水軒」和「潮音齋」等美景，其景致最大的特色就是跟近在咫尺的姬路城「借景」。

走進日式傳統庭園的好古園，園區植滿許多季節性花卉，迴遊式的庭園小徑，到處充滿使人驚艷的扶疏花木，走在水榭亭台的庭苑外側，午后陽光輕柔的照射在築有小橋流水的池塘；這時，漂浮疏落水草的湖面，半隱半現的照映出一幅精緻的水光疊影，這幅鮮明耀眼的影像，在池面上盪漾出波光粼粼的曼妙水姿，像是傳述夏日沉落在水面上，真實而亮麗的明晰美感。

地景位置

姬路城旁，姬路城西御屋敷跡庭園。

「好古園」是姬路藩初代藩主本多忠政營造的西御屋敷

好古園漂浮疏落水草的小橋流水

好古園的渡廊，可賞庭園景色

太閣殿下豐臣秀吉

迴遊式的庭園小徑，扶疏花木，使人驚豔

水影和光影一起漂流

姬路文學館

一九九一年，為慶賀姬路市市制一百週年紀念而開館的姬路文學館，位於姬路城西，鄰近好古園，地處傳統和現代住宅並置的社區山坡上，一九九六年南館開館，設置為司馬遼太郎文學紀念室。

整座文學園區分為南北兩館，以層層水道和斜坡相連。北館西側，建於大正時期，為木造傳統建築的「望景亭」，園景花木茂盛，景致宜人；南館以水域建構的文學館，讓純粹幾何的方體、圓體、長方體，融合成文學、哲學意味濃厚的清雅環境。

姬路文學館由知名建築設計家安藤忠雄設計，主要為紀念九位出身姬路的哲學家、文學家而建造，被設計安置在水池上的南館，由兩座幾何型量體旋轉交叉而成，構造極具現代美學；文學館的主軸以「司馬遼太郎特別室」為重點，室內展示司馬遼太郎成長、寫作、出版過程的紀錄看板、手稿、照片、墨跡、寫作用品、著作等。

融合水影和光影是安藤忠雄構圖的重要元素，到姬路文學館參訪精於描寫戰國歷史的文學家「司馬遼太郎特別室」別具一番滋味；無論何時，文學館漂流的水影和光影，都像敘說歷史一樣充滿幻化色彩。

地景位置

姬路城旁，姬路城西
御屋敷跡庭園後方。

姫路文學館由建築設計家安藤忠雄設計

「司馬遼太郎特別室」展示司馬遼太郎
的書法、生活用品、手稿

「司馬遼太郎特別室」展出司
馬遼太郎的諸多著作

吉野山千人花見宴

奈良縣吉野山吉水神社

奈良縣吉野郡
吉野町吉野川南
岸。近鐵吉野線終點
「吉野站」下車，登山
或搭乘纜車上吉水神
社。

吉野山位於奈良縣中部，是紀伊山地中北部、吉野川南岸到大峰山脈北端的山稜之總稱，屬於吉野熊野國立公園範圍。地域分成下千本、中千本、上千本、奧千本。大正十三年（一九二四）被指定為國家名勝史蹟，昭和十一年（一九三六），被指定為國家公園。

吉野山是修驗道的修行地，修驗道是佛教的派別之名，山嶽信仰的一種形態，開山鼻祖中有個名叫「役」的修行者，八世紀奈良時代在這裡創設金峰山寺藏王堂，成為吉野山信仰中心，並以櫻花樹為吉野山神木，信眾不斷捐獻櫻樹，遂而形成「一目千本」的名景。

吉野山總計植有三萬多株白山櫻，從吉水神社看山賞景，譽為最佳賞櫻勝地，吉野櫻因而名震遠近。平成二年（一九九○），被選定為日本賞櫻名所一百選。

文祿三年（一五九四）豐臣秀吉曾帶領包括德川家康、前田利家、伊達政宗等五千人，浩浩蕩蕩到吉水神社舉行盛大花見宴，一連五日賞櫻、吟歌、作和歌、茶會，揮霍無度地展現權勢，這些事件對吉水神社具有重大歷史意義。吉水神社至今仍保藏豐臣秀吉、德川家康、前田利家等人的墨寶和相關文物，具有日本古美術文化的歷史價值。

武將吟和歌，歌文如下：

とし月を　心にかけし吉野山　花の盛りを　今日見つるかな　　　　（豊臣秀吉）

いつかはと　思ひ入りにし　み吉野の　吉野の花を　今日こそは見れ　（豊臣秀次）

君が代は　千年の春も　吉野山　花にちぎりの　限りあらじな　　　（徳川家康）

千早振る　神の　みに　かなひてぞ　今日み吉野の　花を見るかな　（前田利家）

君がため　吉野の山の　まきの葉の　常磐に花も　色やそはまし　　（伊達政宗）

前田利家在「花見宴」手書
賞櫻和歌

吉水神社的「一目千本」馳名
遠近

徳川家康在「花見宴」手書
賞櫻和歌

豊臣秀吉在「花見宴」手書
賞櫻和歌

吉野山的吉水神社

太閤殿下豊臣秀吉

使人迷醉的花色樹景

大阪市大阪城公園

地景位置

大阪市中央區。
京阪電鐵天滿橋
站，或大阪市營地下
鐵天滿橋站・森ノ宮
站・谷町四丁目站等
均可到達。

今日的「大阪」，戰國時代稱「大坂」。

結束武士榮景的明治天皇，因忌諱「坂」字拆開為「士反」，
有「武士造反」之謂，所以於明治三年（一八七〇）將「大坂」更
名為「大阪」。「大阪」或「大坂」常被交互使用。以《鹿男》一
書揚名的現代小說家萬城目學，其著作《豐臣公主》即是以明治三
年，天皇將「大坂」更名為「大阪」，使得「大坂國」只能在「地下」
進行，就連豐臣家唯一的後裔「豐臣公主」也僅能被暗地保護。全
書描述大阪人對豐臣家的尊崇與團結，書中所引象徵大會師的「千
成瓢簞」（葫蘆）是大阪府的標幟。大阪城公園位於大阪市中央區，
公園內的大阪城，為大阪名景之一，和名古屋城、熊本城並列日本
三大名城，別名「金城」、「錦城」。大阪城公園於一九三一年開園，
總面積一百零六點七公頃，園區樹種以染井吉野櫻為主，整座公園
被大約六百株櫻樹妝點的西之丸庭園、約九十五種一千兩百五十株
綻放梅花的梅林，以及綺麗紅葉的追憶林所構成的園區，四季各異
的花色樹景使人迷醉。

公園外圍環繞雄偉的護城河，這些由巨石堆砌成的石垣，是大
阪城固若金湯的象徵。護城河寬七十到九十公尺不等，兩側聳立的
石垣，高約二十公尺，長十二公里，所用石頭近百萬塊。

城堡內有一塊占地約六萬平方公尺的草坪公園，每年春天櫻花

盛開季，賞花遊人絡繹不絕。鄰近有大阪市立博物館、豐國神社、大阪城會館等。城堡周圍水路發達，可乘坐市區河流巡遊的水上巴士，賞見大阪風景。

　　流經大阪城西北的河川，是每年夏季日本三大節慶之一的大阪天神節舉辦的舞台，一百餘艘船組成的船隊巡航，景象氣派，和飛射升空的焰火一樣，都叫人讚不絕口。

大阪城的護城垣

位於大阪城公園的大阪市立博物館

大阪城公園前庭廣場的噴水池

戰國無雙之城

大阪城天守閣

西元一五八三年，豐臣秀吉在「賤岳會戰」打敗柴田勝家後，成為織田信長繼承人，正式入主大阪，並以大阪為根據地，完成統一天下大業。大權在握的豐臣秀吉，為展現實力，選在石山本願寺原址，蓋了一座比織田信長的安土城更為氣派巍峨的大阪城，這座城堡涵蓋本丸、二之丸、三之丸、總構的大型城郭，在戰事頻仍的歷史背景下，從備戰防禦的面向規畫興建，遴聘精湛的工匠和技師，結合壘石和木材，並修運河、建橋樑，使這座矗立在上町台地北端，北臨淀川，居交通要衝的城堡成為「天下の台所」。

被豐臣秀吉拿來做為本據城的大阪城，樓高五層，天守、御殿、城牆、護城河，規模宏偉，其中天守閣全鑲嵌黃金，紙門框也覆以黃金，就連瓦片都鍍金，人稱「黃金の城」；這座展現日本建築技術，金碧輝煌、耀眼奪目，象徵繁榮的城堡，當代稱「三國第一大名城」，時謂三國，係指中國、日本和印度。

城堡築建完成，到訪的大友氏第二十一代當主大友宗麟譬喻為「戰國無雙の城」。

一五九八年，豐臣秀吉去世，德川家康的勢力不斷竄起，連番發動「大阪冬の陣」和「大阪夏の陣」戰役，導致這座興建工程長達十年之久的城堡損傷嚴重，最後僅留下本丸殘跡。

德川家康攻占大阪後雖極力重建大阪城，但對大阪百姓來說，

地景位置

大阪市中央區大阪公園內。

豐臣秀吉當年苦心修築的那一座城郭才是他們心目中真正的大阪城。

如今所見的大阪城，係一九三一年由民間集資，仿照豐臣秀吉時代的樣式重建，主體建築天守閣巍峨宏偉，鑲銅鍍金，十分壯觀。外觀五層，內部八層，高五十四點八公尺，七層以下為資料館，展示豐臣秀吉的木像、曾經使用的武器及繪畫等，第八層則為瞭望台，可俯瞰大阪美景。

戰國時代重要戰役舞台的大阪城，美則美矣，當年建造大阪城的豐臣秀吉，晚年追求奢華，不免於臨死前說出「我身如朝露」，這種了悟虛空的辭世之語。

大阪城是豐臣秀吉的本據城，展現了日本的建築技術，金碧輝煌的外觀，人稱「黃金の城」

桃山文化的建築風格

大阪城豐國神社

位於大阪城公園，鄰近大阪城入口通道旁的豐國神社，祭祀豐臣秀吉。

生前著迷黃金的豐臣秀吉，不僅日常生活使用的器具、家具、武器、盔甲，就連和茶師千利休共同完成的「黃金茶室」的牆壁、柱子、天棚，還有茶具都由黃金製作而成；甚至建造大阪城天守閣也都使用大量黃金妝點。

豐臣秀吉是個勇於向理想挑戰的人，個性耿直、心胸寬大，易於跟人親近相處，是日本人心目中最難以忘懷的歷史人物，從平民到大將軍，人生波瀾不斷的六十二年歲月，是他樂天性格與天賦才略的最佳實證。

豐臣秀吉於西元十六世紀完成統一大業，結束百年戰國時代的亂局；去世後不久，整個家族旋即又被「奸雄」德川家康滅亡，原來祭祀豐臣秀吉的神社隨之遭毀，直到十九世紀末期，神社才得以重建。神社境內，保存有「唐門」。「唐門」是仿照古中國建築風格的廟堂大門，代表絢麗多彩的「桃山文化」。

神社北側的「寶物館」，不定期展出包括已成國家重要文物的日本畫流派「狩野派」所作的日本畫「豐國祭圖屏風」、豐臣秀吉生前使用過的生活遺物，以及一座鐵製的點燈火器具「鐵燈籠」等，這座神社被列入國寶級文物。

地景位置

大阪市中央區大阪公園內。

仿照古中國建築風格的廟堂大門「唐門」，是豐國神社代表當性建築

豐國神社與受到大阪人尊崇的豐臣秀吉雕像

豐臣秀吉隱居之城

京都市伏見城

一五九八年八月十八日，豐臣秀吉在京都伏見城去世，享年六十二歲。

伏見城是桃山時代建築的城堡，別名桃山城或伏見桃山城，坐落在京都府伏見區。

始建於一五九二年的伏見城，本是被破壞的聚樂第的一部分，在指月山建成。一五九六年發生伏見大地震，於是又在今木幡山建造新城池。一六〇〇年，被德川軍占領的伏見城，遭豐臣秀吉的幕僚石田三成為首的西軍包圍，與守將鳥居元忠力戰十多天，西軍最後以火攻將其燒燬而獲勝。

一六〇一年，德川家康下令重建伏見城，兩年後，德川幕府創立，選在這裡進行儀式；伏見城是德川家康作戰的最前哨，主要用來監視豐臣秀賴的行動。

一六二六年，德川家光下令廢城，其材料多交付其他城堡和寺院增建使用，如：伏見城唐門後來用到大阪豐國神社唐門、大手門用於御香宮神社表門、遺構用於大通寺本堂。廢城後的伏見城，原址成為梅花田。伏見城天守於一九六四年在別郭重建。

地景位置

京都府京都市伏見區桃山御陵。JR西日本奈良線桃山站下車徒步約十五分鐘。

別名桃山城的伏見城，曾是豐臣秀吉居所。
圖為一九六四年在別郭重建的伏見城

阿彌陀峰上的豐國廟

京都市豐國神社

戰國武將
174
歷史之旅

豐臣秀吉去世的慶長四年（一五九九），豐臣家族遵照遺命，將遺體葬在京都東山區方廣寺附近的阿彌陀峰山頂，並在山麓建立作為鎮守社的豐國社，稱「豐國神社」，後由陽成天皇授與正一位神階，以及「豐國大明神」神號，並修建豐國神社予以祭祀。

元和元年（一六一五），「大阪夏の陣」結束，豐臣家覆滅，德川家康剝奪豐臣秀吉大明神的封號，在秀吉正室高台院懇求下，神社未全拆毀，僅拆外苑部分，保留內苑和本殿。部分建物被片桐且元等人移往寶嚴寺和都久夫須麻神社使用。

德川第三代將軍德川家光時代，沒收神社，神社本殿全遭毀壞，京都豐國神社成了荒地。明治年間，改在德川家康的日光東照宮相殿祭祀豐臣秀吉，明治十三年（一八八〇），京都豐國神社才又在方廣寺大佛殿跡現址重建。

戰爭或政治，人性黑暗面的「排他性」，於此可見一斑。

地景位置

京都府京都市東山區大和大路通正面茶屋町。

豐國神社千成瓢簞（葫蘆）的繪馬

京都豐國神社
旁，方廣寺的
梵鐘

京都豐國神社
鳥居

太閣殿下豐臣秀吉

大坂冬の陣

豐臣家族滅絕之戰

引發〈大坂冬の
陣〉的「國家安
康」「君臣豐樂」
八字銘文

地景位置

大阪市大阪城。

　　慶長十九年（一六一四）冬日，德川家在五山之僧的金地院崇
傳等人，與林羅山等共同解讀了一份豐臣家重建京都方廣寺的鐘銘
文。發現銘文中有八個字「國家安康」、「君臣豐樂」意涵詭異，
直指前半段「國家安康」刻意把家康的名字拆開來寫，分明詛咒家
康被碎屍萬段，德川家將分崩離析；後半段「君臣豐樂」倒著念是
「樂豐臣君」，指以豐臣氏為君主而忻樂。德川幕府聞訊極度忿怒，
要求懲處撰述鐘銘文的作者清韓，並要求豐臣家謝罪，歸還領地，
轉封到大和國等。

　　豐臣家派遣片桐且元與大野治長之母大藏卿局前去說明：第一，
豐臣秀賴往江戶城參勤交代；第二，秀吉側室淀夫人到江戶城當人
質；第三，秀賴放棄大坂城。但德川家康拒絕接見且元，僅同意與
大藏卿局見面。當時，片桐且元表示大坂城是豐臣秀吉創建的居城，
不能隨便遷移，這些要求使小心眼的德川家康大表不滿，正式宣布
對大坂開戰，史稱「大坂冬の陣」。

　　德川家康宣布出兵討伐豐臣家，主和派片桐且元與其弟片桐貞
隆見戰事一觸即發，相偕離開大坂城，投靠德川家。豐臣家則開始
準備應對德川家，進行決戰，並向各家大名發出檄文，不過，無人
響應，最終加入者大多為浪人。

　　豐臣家取出豐臣秀吉遺產，召集各地浪人，包括真田幸村、塙

〈大坂冬の陣〉繪圖（月岡芳年繪）

直之、毛利勝永等；曾受秀吉照顧的大名後來送上檄文，集結大坂。

　　豐臣軍以宿老大野治長為中心，主張迎擊的浪人以真田幸村為主，最終決定在堅固的大坂城進行守城戰，由真田幸村從大坂城往外興築防禦陣地真田丸，據此力守。德川軍動員近二十萬大軍包圍大坂城，史書《森家先代實錄》喻為「集合了神武以來最大規模的武士」。雙方首次交鋒的記錄是在一六一四年十一月十九日。

　　冬の陣的戰役還包括：木津川口の戰、鴫野の戰、今福の戰、博勞淵の戰、野田福島の戰、真田丸攻防戰等。後因寒冬欠缺糧食，德川軍無法攻破，陷入苦戰，意圖與豐臣軍進行和平交涉。十二月十七日大坂城天守閣西邊遭炮擊，有侍女因而死亡，炮擊聲傳遍京都，公部門派出兩名使者介入調和，卻遭德川家康拒絕。翌日，秀吉的側室淀殿像是中了炮擊之計，心生恐懼，決定跟阿茶局會面，同意議和。會談地點在德川軍京極忠高的營地，德川家派出本多正純與家康側室阿茶局，豐臣家使者是淀殿的妹妹常高院。第一天交涉因意見不和決裂，第二天達成協議，條件是大坂城只能留下本丸，二之丸和三之丸必須拆掉，並填平濠溝，淀殿不會成為人質，改為處分大野治長與織田有樂齋。後來，德川軍獨斷進行填平濠溝與破壞城垣工程。冬の陣戰事暫告停歇。

太閣殿下豐臣秀吉

大坂夏の陣

豐臣家族滅絕之戰

　　和議成立後，家康從京都返回駿府，把秀忠調到伏見，另一方面命國友鍛冶製造大炮準備戰事。慶長二十年（一六一五）三月，大坂有動盪的消息傳到駿府，之前被填平的濠溝再度築起，德川家要求豐臣家解僱浪人，松倉勝重再度要求秀賴移離大坂，安排新的領土。四月，德川家康為了德川義直的婚事上洛，諸大名受命準備出陣，集結鳥羽伏見，由剛從江戶西上的德川秀忠在二条城進行軍議，著手動員兵力。德川家康於四月四日離開駿府城，六、七日動員大名出征，兵力達十五萬多。

　　四月二十四日，幕府向豐臣軍發出最後通牒，要求移封及解僱浪人，豐臣家未予理會。

　　大坂城的二之丸、三之丸遭拆除，整座城堡已成裸城，完全失去防禦功能，先前因解僱浪人，兵力較「冬の陣」為少，豐臣軍決定先發制人，試圖取得優勢。首先，大野治房和後藤基次領軍越過暗峠，於四月二十六日率兩千兵員攻擊筒井正次的大和郡山城，豐臣軍在鄰近村莊放火，筒井軍聞敵軍到來，立即向伊勢撤離。其後，筒井軍的松倉重政與水野勝成會合，向大和郡山城反攻，豐臣軍得知敵軍返回，立即撤退，殿後的部隊遭松倉重政的部隊攻擊，豐臣軍的士兵接續陣亡。二十八日又向自治港堺進行攻擊，並放火燒村，與九鬼守隆交戰，擊退九鬼軍，此外，還派遣其他隊伍向岸和田城

主角豐臣秀賴畫像

大阪市大阪城。

攻擊，城主小出吉英死守，兩軍在城外對峙，沒有正式向敵人攻擊。

　　史稱「大坂夏の陣」的戰役包括：樫井の戰、道明寺の戰、八尾若江の戰、天王寺岡山の戰等。

　　兩軍交戰連連，令德川軍膽寒的智將真田幸村的部隊一度攻入德川軍大本營，只嘆寡不敵眾，大坂城池仍為德川軍掌控。後來德川軍火燒大坂城，豐臣秀賴和淀殿自戕；原先躲藏起來，年僅八歲的秀賴之子國松被捕處死；秀賴側室所生之女奈阿姬免死，到鎌倉東慶寺出家；秀吉墓塚以及在京都供奉秀吉的豐國神社均遭德川幕府破壞；長宗我部盛親在京都五条河原處死；逃亡的大野治胤也遭處刑；茶人古田重然因暗藏國松，懷疑是豐臣軍內應，遭幕府下令自盡。德川家康對待曾侍奉的主公豐臣秀吉的後代，僅「趕盡殺絕」可喻，豐臣家至此全族覆滅，無一倖免，慘狀悲愴淒涼。

　　「大坂夏の陣」使戰國時代以降，持續不斷的大規模戰爭告終，朝廷正巧更改年號為元和，稱「元和偃武」，意指不再有戰爭，天下可享太平。然，事實並非如此！此後兩百多年的德川幕府，國政並非「國家安康」，動盪不安的事件仍屢見不鮮。

大阪城側山門

豐臣秀吉 • 歷史旅行の名景名產

1. 名古屋市

購買縮小版「名古屋城」玩偶當紀念品。在「德川美術館」可以買到不少精緻的紙製品，以及《源氏物語》繪圖製作的明信片。

2. 滋賀縣

長浜市鄰近琵琶湖，琵琶湖有八大盛景，可搭汽船前往隸屬長浜市的湖中竹生島，欣賞琵琶湖兼參拜觀音菩薩。

3. 金澤市

盛產金箔與金箔工藝品，有些金箔店十分歡迎遊客前往參觀製作過程。加賀友禪染布也十分出名。

金澤市的金箔館，
可供遊客自製金箔盤

4. 大阪市

　　大阪吃喝玩樂最多，光是道頓堀一地就有許多
條商店街，知名品牌的商家林立其間，購物、品嘗
在地料理一應俱全，著名的大阪燒一定得嘗嘗。縮
小版「大阪城」玩偶當然要買一座當紀念品。

道頓堀名物之一
くいだおれ太郎

大阪市道頓堀商店街

大阪市咖哩飯和榨物
料理

大阪鬧區可以說是
越夜越美麗

太閤殿下豐臣秀吉

5. 奈良縣

吉野山的吉野葛相當有名,櫻花冰淇淋也討人歡喜,值得試試。

6. 姬路市

　　到姬路城就買縮小版「姬路城」玩偶,還可到觀光案內所租借免費單車騎遊姬路市街。

姬路城紀念物

7. 京都府

　　到豐國神社可購買葫蘆造型的繪馬當紀念品。

京都豐國神社拜殿

都豐國神社販賣的
千成瓢簞(葫蘆)繪

第七話 三河狸貓德川家康

只知勝而不知敗，
　　必害其身。
　　　　——德川家康

人生如負重致遠，不可急躁

德川家康生於一五四三年三河國（名古屋市）鄰近的岡崎市，本姓松平，小名竹千代，父親松平廣忠是地方大名，擁有三河的土地和家臣，母親是岡崎附近刈屋城主水野忠政的女兒。

德川家康三歲時，母系家族的首領水野忠政病逝，由水野信元繼任，信元後來投靠尾張大名織田信秀。這時，駿河國的今川義元與織田信長正處於對抗狀態，今川氏要求廣忠必須與水野氏斷絕關係，三年後，要廣忠將德川家康送往今川家作質子（交換人質），以便今川氏能加強對三河國與岡崎城的控制。天文十七年（一五四八）德川家康由家臣護送，從蒲郡乘船前往渥美半島的田原。

田原城主戶田康光不顧與三河松平氏長久以來的親屬關係，將德川家康以人質送往靜岡寺一事，以及行進路線密報給織田信秀知曉，藉以獲取織田氏獎賞。織田氏獲悉消息，派密探將德川家康自半途劫走，護送德川

戰國後期統一日本的德川家康

德川家康的家紋

家康的松平金田與松平三左衛門勢孤力單，無法搶救少主，相繼切腹自戕。

德川家康往後的五年，先是在尾張國的那古野城度過，期間，父親松平廣忠過世，直到天文二十一年（一五五二），今川義元派遣太原雪齋率兵擄獲織田信長的異母兄長，織田信廣的兒子織田信秀；後經太原雪齋授意，今川氏向織田氏提出交換德川家康為人質的條件。織田家因家督繼承問題，府內狀況不穩，基於戰略考量，答應將年僅八歲的德川家康送往時稱今川館的駿府城為人質，身為人質的德川家康就在這段時間結識乳名吉法師的織田信長，相差九歲的兩個少年，成為兒時玩伴，也為日後的「清洲同盟」立下合作基礎。

身為質子的德川家康住進靜岡寺，稍長又獲准進入臨濟寺。進住臨濟寺期間，他受到義元家臣太原雪齋的關照與教育。弘治二年（一五五六）正月，今川義元為德川家康行成人禮，並改名為松平元信；兩年後，將名字中的信，改為祖父清康的康，是為松平元康，再迎娶關口刑部少輔親永的女兒築山殿為妻。這時，德川家康得以回到岡崎城，成為一城之主。

一五六○年，今川義元前往京城，領軍進入尾張，首當其衝與織田軍交戰，即「桶狹間の戰」；是役，德川家康參與其間，並任先鋒，負責突襲丸根城，且取得守將佐久間大學的首級。「桶狹間の戰」使今川義元遭襲梟首，德川家康返回岡崎城，打算自今川氏從屬中獨立，還頻頻上書給今川氏真，希望氏真再組義軍，他願意擔任先鋒討伐信長，為義元復仇雪恥。然而，無能的氏真讓駿河國政情紊亂，不少老臣出走逃離，德川家康終於意識到今川氏正走向敗亡的路途。

永祿五年（一五六二），德川家康接受織田信長私下議和，釐清彼此國界，是為「清洲締盟」。同年，德川家康將松平元康改名松平家康。自此，展開兩個年輕人叱吒風雲的年代。

一五六三年，爆發三河一向一揆武裝起義，德川家康的部分家臣加入一揆軍，包括本多正信以及「三方原の戰」慷慨赴義的夏目正吉，這是德川家康人生中的第一個大危機，對當時只領有三河一國的德川氏是動搖國本的戰爭，後來，德川軍成功平定亂事，藉此統一三河國。同年，朝廷賜予官職正五位下三河守；此時，家康竄改祖譜，僭越改姓德川，是為「德川家康」。

永祿十一年（一五六八），武田信玄遣使到岡崎拜會德川家康，協議兩家出兵消滅今川氏，並約定戰後以大井川為界，西邊歸德川氏，東邊屬武田家，史稱「大井川會盟」。不久，德川氏攻擊今川氏，今川氏在駿河淪陷後逃亡到掛川城，是年十二月，掛川城受圍，開城投降，今川氏覆滅，今川氏真遭放逐，德川家康因而多獲得二十多萬石的領地，同時提升三河在諸大名眼中的地位。一五七〇年，德川家康的根據地從岡崎城搬遷到遠江國的曳馬城，並改名為浜松城。

其後十多年間，經歷了眾多家臣戰死，德川家康一度想要切腹自盡。一五八四年十一月德川家康回到浜松城，將居城遷到駿河國今川館，改名「駿府城」。天正十七年（一五八九），後北条氏拒絕臣服豐臣氏，豐臣秀吉

位於靜岡縣駿府城本丸址的德川家康雕像

以皇居為中心的「江戶城」

下令全日本大名討伐北条，家康在支援戰立下汗馬功勞，最終北条氏在小田原城被包圍後投降。戰後，家康轉封關東八州。

　　評論家認為，德川家康是隻善於模仿，並從中發展創見的老狐狸，私下埋首研究甲斐軍事和武田信玄的用人之道，更能從織田信長身上學到迥異的戰術，以及財政經濟管理的竅門；德川家康在多次與敵人對陣的實戰中，因善於模仿兩位名將的領導哲學，並精於融合個人在戰場上體悟到的戰事藝術，因而能在日後的「小牧 ‧ 長久手の役」大敗敵軍，開創出獨特的戰略、兵法。

　　德川家康對於身處戰國亂象的生存之道，知之詳深，是個能認清自己優劣的軍事家，為了突破現實環境的困阨，他最拿手的戲碼即是採取「生存第一」、「優先活著」的策略，這種亂世求生術，即使遭到羞辱或被派充當炮灰，他都在所不辭。

東京市皇居

若說德川家康是厚黑學的最佳信眾，亦不為過，從身任岡崎城主開始，他寧選擇依附在一個強國底下，然後，再依靠強韌的耐性與深謀遠慮的智慧，於亂世中求得絕佳表現。這種卑躬屈節，在夾縫中求生存，為自己廣開活路，化危機為轉機的方法，正是德川家康尤不能免的軍事謀略。

攻城掠地，德川家康比不上豐臣秀吉；行軍布陣，比不過武田信玄。最後，武田信玄的甲斐國、織田氏和豐臣氏辛苦得來的天下，都隨三人過世，落入德川氏手中。德川家康成功的原因有二，一是活得久；二是無與倫比的「忍氣吞聲」。他的忍功，除了反映在他甘心臣服於織田信長與豐臣秀吉之下，還有，父子倆都能忍辱接受主公強行塞給他們的二手人妻當老婆。從他的名句：「人生如負重致遠，不可急躁。」不難窺探箇中一二。

一六〇三年，經過重重殺戮與謀略爭戰的「大坂冬の陣」和「大坂夏の陣」之後，德川家康終於從豐臣家族奪取政權，以江戶（今東京）為基地，開啟了德川幕府政權，「江戶幕府」統治日本達二百六十四年，史稱「江戶時代」。

一六一六年三月，德川氏獲朝廷賜予太政大臣一職。四月十七日在駿府城病逝，法名「東照大權現」，法號安國院，後葬日光東照宮。有關德川家康的死因，一說是吃鯛魚天婦羅中毒身亡，一說是胃癌，又有說是遭暗殺。據稱，德川死前曾吐黑血，腹部有硬塊，所以，罹患胃癌也不無可能。

野史傳聞，「大坂夏の陣」廝殺中，家康被真田幸村所傷，逃往堺的南宗寺後，傷重不治。後由影武者冒充德川家康，一年後才宣布家康死於胃疾。亦有不少民間傳說，真田幸村並沒戰死，他一路保護豐臣秀賴到鹿兒島隱居。

三河狸貓德川家康

駿河國的駿府城和御殿

靜岡縣御殿場

地處東京西邊的靜岡縣靜岡市，從江戶時代即因名列駿府城的城下町而繁華起來，如今更是靜岡縣廳所在地，也是靜岡縣的文化和經濟中心。

位於靜岡縣與神奈川縣交界處的富士山，高三千七百七十六公尺，是日本最高山。富士山東麓的御殿場，為德川家康往來江戶、駿府與京都的中途站，稱「駿府」，後稱「御殿」。

今靜岡市葵區，建有駿府城。原城址是今川氏的今川館，德川家康曾作為今川家質子，在駿府苟活到十九歲；十二年間，德川家康在今川家承受不自由的生活，卻培養了高度的忍耐性格。今川氏遭武田氏滅亡後，德川家康開始統治駿河國，一五八五年築城，並建天守。當德川家康被豐臣秀吉移封至關東後，城主改為中村一氏。一六一六年，德川家康病歿駿府。

如今的御殿場成為富士山周邊和箱根地區觀光的交通要道，是富士山登山口，也是眺望富士山最佳位置，當前擁有一座大型 Outlet 購物商場，聚集國內外知名品牌，每到假日，購物的遊客眾多。

地景位置

靜岡市葵區駿府城公園。JR東海道本線・東海道新幹線靜岡站搭巴士，徒步約十分鐘。

駿府城二の丸東御門內部
展示德川家康像

駿府城二の丸東御門
內部展覽場

御殿場大型 Outlet 購物商場

靜岡縣駿府城為德川家康往來江戶、駿府與京都的中途站

江戶時代的武家屋敷

京都市太秦映畫村

戰國時代的東京還只是一個小漁村，時稱「江戶」，特別泛指以皇居為中心的東京特別區中心（東京都千代田區、中央區周邊），其名稱起源於「江戶城」。

豐臣秀吉結束戰國時代後，德川家康於一六〇三年掌握政治實權，開始了以江戶城為根據地的江戶幕府統治時期，他仿傚源賴朝的鎌倉幕府，組織嚴密堅固，充分控制各地有勢力的大名。

有了德川政權計畫性的經營，江戶不斷發展擴大，十八世紀中葉，估計住民總數達一百萬人，宣稱當代世界最大的都市。

「太秦映畫村」
德川氏將軍府邸

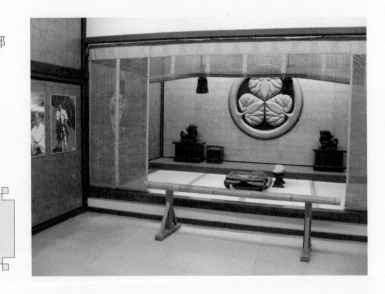

地景位置

京都市右京區太秦東峰岡町，京福電車嵐山線太秦廣隆寺站下車徒步五分鐘。

江戶時代，不單指人口稠密，該時期還孕育了不少燦爛的庶民文化，如歌舞伎、版畫浮世繪、木刻、陶瓷器、真絲錦緞、漆器等。江戶時代所以能持續二百六十年之久，使日本文化和藝術蓬勃發展，全賴德川家康「江戶開府」的經營策略。

從一六〇三年「江戶開府」至今，日本各地興起一陣江戶懷古風潮，許多江戶時代的古地圖再度出版，研究江戶文化的書籍更成了當紅刊物。

位於京都的太秦映畫村為東映電影廠時代劇拍攝場地，占地三萬六千平方呎，場景搭建與布置，以江戶時代的武家屋敷、日本橋、吉原花街、戲館、寺子屋為樣本，遊走其間，偶遇藝伎、武士，恍若進入江戶時空，一派不可思議。

「太秦映畫村」的江戶時代吉原花街

位於京都的東映片場「太秦映畫村」，入口處展示舊戲館售票台

「太秦映畫村」的新選組屯所

三河狸貓德川家康

華麗的武將城堡

京都市二条城

二条城，建於京都天皇御所西南邊不遠的二条通上，是江戶幕府第一代將軍德川家康於慶長八年（一六〇三），建造做為到京都參見天皇時的寓所，別名「大將軍行宮」。所領面積比京都御所還大，象徵當時德川幕府大權在握，凌駕天皇之上。

二条城建有一道東西五百公尺、南北四百公尺的圍牆，並有內外兩層護城河保衛。二条御殿內共有二十二棟建築被列為重點文物，一九九四年入選為世界文化遺產。

這座城堡的主殿稱二之丸，是御殿大門，有「第二重城」之喻，一六二六年，德川家康的孫子德川家光予以擴建為書院風格。經過歷史洪流的沖擊，數百年來，城堡依舊保存原始樣貌，且以桃山時代的建築聞名於世；期間，家光還為二条城加建了本丸御殿主

二条城主殿稱二之丸，是御殿大門，有「第二重城」之喻

地景位置

京都市中京區二条通堀川西入二条城町。

城，以及五重塔。十八世紀，本丸殿遭焚毀，目前所見的本丸殿建築係於一八九三年從皇居遷移過來的。除此之外，二条城各殿所裝飾有華麗的日式紙門，殿內牆壁和隔扇門，繪有狩野派畫家狩野探幽的作品「蒼松老鷹圖」等名畫，精美絕倫。城內共種植有四十五種三百六十株的櫻花，「夜櫻」之美冠蓋群芳。

　　為了防範刺客入侵，御殿裡的走廊，還設計成會發出如夜鶯啼叫一樣聲音的鶯啼地板，引人古雅趣味之感。

　　慶應三年（一八六七），幕府第十五代將軍德川慶喜在二条城舉行「大政奉還」，將政權歸還明治天皇；一九三九年，昭和天皇將二条城賜給京都府，隔年更名為「元離宮二条城」，對外開放參觀。

別名「大將軍行宮」的
二条城。幕府第十五代
將軍德川慶喜在二条城
「大政奉還」明治天皇

三河狸貓德川家康

二条城有內外兩層護城河

二条城以桃山時代的建築聞名於世

明月照落古城下

滋賀縣彥根市彥根城

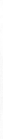

滋賀縣彥根市金龜町。JR 琵琶湖線「彥根站」下車。徒步二十分鐘可達。

位於滋賀縣彥根市金龜町的彥根城，別名金龜城，為一木造城堡，一六〇〇年，德川家康四大天王之一的井伊直政基於戰績彪炳，領功受賞，未久，建造彥根城；一六〇二年直政過世，長子井伊直勝繼承父志，翌年開始動工興築，他堅持彥根城地理位置的選擇與建築樣貌，必須以兼具保衛和戰略優勢為考量，期能確保關原之戰爆發後的亂局，發揮穩定效果。

由於戰亂連年，這一座木造城堡的建材大多數從殘破的城垣拆卸而得，如西之丸的三重櫓台來自淺井長政的小谷城，天平櫓台來自豐臣秀吉的長浜城，太鼓門來自石田三成的佐和山城，天守閣來自大津城的天守。

一六〇五年，彥根城的主體規模大致完成後，井伊直勝率領家屬與家臣進駐其間。一六一四年，直勝體弱病

一六二二年正式完工的彥根城

危，由弟弟井伊直孝擢升為彥根城第二代藩主。一六一六年，直孝開始進行城堡外郭擴張改造工程，並增建御殿，約在一六二二年正式完工，整座城堡花費近二十年時間建造。一六三三年，直孝受封三十五萬石，為德川家康下，世襲大名中受封最高的將領。

這座鄰近琵琶湖，保存良好的城堡，直到一九五一年六月，被指定為國家特別史蹟，比知名的姬路城還要早五年。隔年，日本新頒國家文物保護法，彥根城再度被列為日本最重要的基礎國寶之一。包括井伊家後代子孫，井伊直弼童年時在彥根城的居住所「埋木舍」也成為被保存的古蹟之一，埋木舍於一九八五年開始修復，一九九一年完工。

這座古城與以琵琶湖和金龜山為背景的愛知縣的犬山城、兵庫縣的姬路城、長野縣的松木城並列國家古蹟中的四大名城。

坐落小山丘上的彥根城，四周環繞的護城河水引自琵琶湖，城堡尚保留白亞天守閣、天秤箭樓、太鼓門箭樓等景點，城的周圍，更是以井伊家的古蹟，美麗的玄宮園著稱，城下穿越市區的蘆川右岸的舊式房舍、重現十七世紀街道的夢京橋城堡路等，充滿城下町古樸風貌。

琵琶湖為日本第一大湖，一九五〇年被指定為國家公園，並由民眾票選琵琶湖八景，其中第七景「月明」即指彥根古城在月光下的美景。

「琵琶湖八景」之一
彥根城石碑

彥根城列為國家
古蹟中的四大名
城之一

彥根車站前廣場的
井伊直政雕像

看山水庭榭轉朱閣

彥根城玄宮園

　　一六七七年，建造彥根城的井伊氏，用唐玄宗的離宮庭園為概念，在彥根城下興建「玄宮園」別莊，仿唐建築的庭園，就此以花團錦簇聞名，園區內的鳳翔台可眺望彥根城，是過去藩主招待來訪貴賓的所在。

　　夕陽餘暉適時照射到彥根城下這一座開滿奇花異草的庭園，輕步走進草色綠無涯，看山水庭榭轉朱閣，滿園子種植五葉楓樹、牡丹、紅菊等豔麗花色，映照小橋流水，井然入畫。

　　這幅美麗的庭園景致，使人宛如走進唐詩飄瀟的意境裡，那半隱半現的亭台樓閣，沉靜的聳立在疏落水草的池面上，被時隱時露的夕陽投影成一幅比真實景象還精緻的繪畫，花影和亭台在池面上相互盪漾，鮮明耀眼得讓人感受這一番如唐詩宋詞的寫意景色，竟出現在琵琶湖畔，一個美麗池水的園子裡，既感生疏，又彷彿熟稔般的愕然不已。

庭園景致使人宛如走進唐詩飄瀟的意境裡

地景位置　彥根城下。

「玄宮園」位
於彥根城護城
河畔

「鳳翔台」是過去藩主招待貴賓的所在，可眺望彥根城

名古屋城天守閣

名古屋城

「尾張名古屋城」
展示著名的金鯱

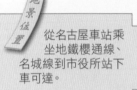

從名古屋車站乘
坐地鐵櫻通線、
名城線到市役所站下
車可達。

一六一二年，德川家康掌控統治權，命兒子德川義直和加藤清正、福島正則等家臣協助負責土木工程，在名古屋興建造型宏偉的城堡；這一座具代表性的城堡，是江戶幕府的東海道要地，著名的金鯱本是做為防火的符咒，後來成為城主權力的象徵，是桃山時期築城技術的代表性作品之一，也是德川三大家族之一尾張德川家族的居城，因此又稱「尾張名古屋城」。

名古屋城因尾張家而繁榮起來，昭和二十年（一九四五）二次世界大戰，名古屋遭盟軍猛烈轟炸破壞，包括大小天守閣、本丸御殿均被燒燬。倖免於難的西北、西南、東南三個望樓及表二之門、舊二之丸東二之門、二之丸大手二之門等三扇門、象徵名古屋城，天守閣上兩隻金鯱，還有本丸殿屏風畫，後來都成為國家重點保護文物。一九五九年，重建的天守閣，改為地下一層、地上七層的鋼筋混凝土建築，天守閣自此成為名古屋象徵。

桃山時期築城技術的代表性作品之一「尾張名古屋城」

名古屋城除了主要據點天守閣之外，另闢建有數座小天守閣，內部設有博物館，作為展示珍貴歷史文物。東面二之丸公園，為枯木山水庭園，庭園設有茶室，展現日式休閒生活的風情面貌。

　　這座名城現已規劃為城市公園，每年春天櫻花祭、三月山茶花祭、五到六月杜鵑花祭，以及秋季菊花祭，不同季節，運用時卉將名古屋城妝點得分外美麗，尤其櫻開季節，整座城堡彷彿從櫻樹叢裡長出來似的，美麗至極。

　　另外，名古屋電視塔位於長達兩公里的久屋大通公園上，標高一百八十公尺，是日本最早的電視轉播塔。登上展望台，可一覽筆直的久屋大通公園與名古屋市景，天氣晴和時，尚可遠眺濃尾平原、伊勢灣、中部山岳美景。

位於久屋大通公園，標高一八〇公尺的名古屋電視塔

名古屋市鬧區「榮」

名古屋車站前，商店騎樓著名的
「娜娜」人像模特兒

名古屋市清淨的河川

池泉迴遊德川園

名古屋市德川園

　　鄰近德川美術館右方的「德川園」，位於名古屋市的大曾根，是德川家康第九子德川義直的封地，又稱尾張德川家；「德川園」是尾張藩二代藩主德川光友於一六九五年建造作為別院，又稱「大曾根屋敷」。二〇〇四年十一月與園區內的「德川美術館」、「蓬左文庫」一起重新開園，內部為優美的迴游式庭園，四季皆有不同的景致供人賞遊。

　　江戶時代大名庭園的建造樣式，大抵以縮小版方式呈現，清水從瀑布流下溪谷，最後滙集到被當作大海的池塘，這種凝縮式的自然景觀，成為日本庭園的共同特色。「德川園」四季花草變化萬千，新綠、紅葉、牡丹、菖蒲、櫻花等，妝點庭園豐盈的自然景觀，讓人流連忘返。

地景位置

名古屋市東區德川町。在名古屋車站外巴士總站第七號乘車處，搭往「德川園」站，下車步行約三分鐘。

德川園庭園景致

「德川園」位於「德川美術館」旁　　　　「德川園」前的蓬左文庫書院

「德川園」是尾張藩二代藩主德川光友的別院

德川家族遺留的珍品古物

名古屋市德川美術館

「德川美術館」為
一現代建築

名古屋市東區德川町
「德川園」區內。

成立於一九三五年的德川美術館，陳列德川家族遺留的寶貴物品，種類繁多，不下三萬件；其中以德川家康和尾張德川家文物為主，屬於展示德川幕府文物的美術館，德川義直捐贈約一萬五千多件「大名道具」；從豐臣秀吉、德川家康和尾張時代藩主的鎧甲刀槍、大名將軍家使用過的生活用品、書籍文物和千代姬嫁給德川家的嫁妝，到日本文學鉅著《源氏物語繪卷》、畫冊、國寶窯變天目茶具等藝術珍品和傳家寶。

三萬多件收藏品之中，國寶級文物九件，重要文物五十三件，重要美術品四十五件。其中還包括貴重的尾張家御座樂樂器：嗩吶、橫笛、月琴、提箏、夜雨琴；以及水戶家御座樂樂器：洞簫、銅拍子、十二律等。優雅建築的德川美術館展示江戶時代的生活藝術實相，淡雅之中，顯見歷史真跡。

建築優雅的德川美術館

「德川美術館」屬於展示德川幕府文物
的美術館

「德川美術館」舊山門

決定天下の戰

岐阜縣關原合戰資料館

地景位置

岐阜縣不破郡關ケ原町。東海道本線關ヶ原車站搭汽車在關原合戰資料館站下車,徒步約二十分鐘可達。

慶長三年(一五九八),豐臣秀吉病逝京都伏見城,去世前,要求五大老和五奉行交換狀書,以制衡方式讓這些大名武將效忠豐臣家。豐臣氏立封僅只六歲的幼子豐臣秀賴繼任家督,並將出兵朝鮮的軍隊撤回國內,全日本頓時陷入混亂。這時,自朝鮮半島返國的豐臣氏諸將,對於以石田三成為首的五奉行不滿,甚至試圖起兵暗殺石田氏;另一方面,五大老之首德川家康私結諸侯,任意分封領地,引起另四位大老不滿。

翌年,五大老中最具權勢的前田利家病逝,制衡力量隨之消失,德川家康和豐臣家的關係迅速惡化。一六〇〇年,德川家康聽信密探「景勝有背叛之意」,隨即寫了封信給上杉氏,要求景勝到京城解釋。信件於四月十四日到達會津,由上杉家臣直江兼續回覆,逐條反駁所有指控,這封信名為「直江狀」。德川家康於五月三日收到回信,閱後大怒,且以豐臣秀賴名義向各大名公布征伐上杉家。

豐臣家重臣石田三成認為德川氏違反私戰禁令,召集各地大名聚集大坂城發表「內府違反條文」,隨即起兵討伐德川氏;德川家康將圍攻上杉氏之役交給次子結城秀康,親率大軍與支持他的豐臣武將回師對抗石田軍。兩軍主力在現今岐阜縣不破郡關原町一帶進行會戰,史稱「關原合戰」。時間約在慶長五年(一六〇〇)十月二十一日。

關原の役，爭戰蔓延日本全境，雙方動員了超過十萬以上的兵力，從出兵到撤退，持續三個多月，是自一四六七年室町幕府「應仁の亂」以來，日本最大規模的內戰。關原之役後不出幾年，歷經「大坂冬の陣」、「大坂夏の陣」，開始了德川家族在日本三百多年的統治。因此，「關原合戰」被史學家喻為「決定天下の戰」。

　　岐阜縣關原町「關原合戰」的決戰地設立有「關原合戰資料館」，廣場以兩百多座蠟像人偶，還原「關原合戰」戰況。

「關原合戰」
德川家康操兵
蠟像人偶

位於岐阜縣關原町的
「關ヶ原合戰資料館」

廣場以兩百多座蠟像人偶，還原「關原合戰」戰況

幕府霸主長眠地

栃木縣日光市東照宮

日光三猿雕刻象徵
非禮勿視、非禮勿
言、非禮勿聽

地景位置

栃木縣日光市山
內。搭乘東武日
光線到東武日光站，
或 JR 東日本日光線
到日光站下車前往。

一六一六年四月十七日，德川家康病亡，享年七十五歲，子嗣二代將軍德川秀忠在其遺訓下，選擇已有一千兩百年歷史的日光輪王寺與二荒山神社，為德川家康建造「東照宮」家廟，並在家廟上方為其興建「大猷院」陵寢。

德川家康以武力攻破各藩國領地，統一日本，死後被尊祀為江戶幕府的守護神「東照大權現」，供奉他的神社均稱東照宮。日本全國計有數十座東照宮，其中最著名者是位於栃木縣日光市的日光東照宮。

日光東照宮建於一六二四年，經過十二年後的一六三六年完成，總計動用四百五十四萬人力，總工程費五十六萬八千兩、銀一百貫、米一千石，依現值大約六百億円。宮內使用了一萬四千棵各類大樹，宮宇雕刻五千一百四十七種，其中裝飾雕刻，鳥類四十五種、靈獸動物二十六種、植物五十種。這一批日光社寺於一九九九年十二月，成為日本第十個經由聯合國教科文組織登錄的世界文化遺產。

氣勢恢宏的東照宮，境內坐落日本最大的石造鳥居，高約九公尺；用花崗岩建造的神社牌坊，正是奉祀德川家康的社殿，宮門叫

東照宮寶塔

213

三河狸貓德川家康

東照宮金碧輝煌的唐門

陽明門，精巧雕琢的圖騰，講求細工，集江戶文化精髓於一氣。

殿內主祭德川家康，合祀豐臣秀吉、源賴朝；迴廊上方橫樑，雕有名震遐邇的三猿、眠貓和鳴龍三大著名雕刻；據聞，三大雕刻當中，「三猿」以遮眼、搗嘴、堵耳，代表：非禮勿視、非禮勿言、非禮勿聽。人稱這三隻猴子叫「日光三猿」。

尤其「鳴龍」的雕像更是傳神。設於又名叫藥師堂的本地堂內，天花板雕繪有一條活靈活現的大蟠龍，只要人站在龍頭下方，對著天花板的龍頭擊掌，天花板瞬時發出奇妙回聲。

漫步走訪宮內神社建築，可見鳥居、唐門、神樂殿、五重塔、鼓樓、鐘樓、藏經閣以及本地堂等，是集合神社與佛寺的宮苑。

置身寒氣逼人的東照宮，濕滑的石階在白濛濛的水氣裡，如何想見陰氣逼人的德川家康，以算計謀略總結戰國時代，成為幕府最終的霸主？

迴廊上方橫樑，雕有名震遐邇的三猿、眠貓和鳴龍三大著名雕刻

明治光秀坐像出現在德川家康的日光東照宮

德川家康 ·
歷史旅行の名景名產

1. 靜岡市

　　位於靜岡市清水區 S-Plus Dream Plaza 購物中心三樓的「櫻桃小丸子樂園」，是到靜岡市旅遊必到訪的地方，重現動漫「櫻桃小丸子」場景，生動有趣。

　　靜岡的關東煮、烤鰻魚，從朝霧高原看富士山，頗富盛名。

2. 名古屋市

　　從車站搭乘地鐵，五分鐘可達繁華街「榮」。百貨商店林立的「榮」，建造了以水中太空船為主題的 OASIS21 立體公園，這裡經常舉辦各種活動。

名古屋拉麵

京都市「太秦映畫村」賣店

彦根城吉祥物
「彥貓」相關產品

名古屋城紀念物

二条城紀念物

彦根城吉祥物
「彥貓」相關產品

第八話

獨眼龍將軍伊達政宗

仁，過分了就是軟弱；
義，過分了就是頑固；
禮，過分了就是諂媚；
智，過分了就是虛偽；
信，過分了就會招致損害。

──伊達政宗

智，過分了就是虛偽

永祿十年（一五六七）出生出羽米澤城的伊達政宗，為奧羽伊達氏第十七代家督，父親伊達輝宗曾是出羽米澤城主，伊達氏為江戶時代仙台藩始祖；母親為素有「出羽の鬼姬」稱謂的義姬。伊達政宗孕存母胎期間，陰陽師傳言他是佛門大師萬海上人投胎轉世，父親信以為真，並寄予厚望的將他取名叫「梵天丸」。

伊達政宗畫像

元龜二年（一五七一），五歲的梵天丸感染天花，治癒後雖逃過大劫，卻讓右眼失明，母親義姬在梵天丸失去右眼後，常嫌他的容貌醜惡，因此，把對梵天丸的愛，轉移到次子小梵天丸身上。傳說，長相貌美的義姬曾有數次毒殺梵天丸的行動，但未竟成功。

一五七二年，伊達輝宗延請臨濟宗的虎哉宗乙禪師擔任梵天丸的家庭教師，一五七五年，又讓神職之子片倉景綱擔任梵天丸的侍童。後來成為伊

達政宗第一陪臣的片倉景綱，可說是梵天丸最親近的人，日後更擔任伊達政宗的軍師。

天正五年（一五七七），梵天丸元服，正式改名「政宗」，與伊達氏第九代當主，有中興先祖之稱的伊達政宗同名，足見伊達輝宗多麼期望他能振興伊達氏。天正七年（一五七九），在輝宗安排下，伊達政宗與同屬陸奧國大名，三春城城主田村清顯的獨生女愛姬成婚。

兩家以政治婚姻結盟，是為對抗相馬等氏。相馬顯胤是伊達輝宗的祖父稙宗的女婿，也是輝宗的姑丈。兩家關係自從「天文の亂」後，交惡不斷。顯胤常說：「我是伊達家的女婿，盛胤是稙宗大人生前鍾愛的孫子，憑什麼不讓我們成為伊達家臣？」

天正九年（一五八一），十五歲的伊達政宗由片倉景綱與伊達成實陪同，初次領軍作戰，伊達政宗先攻下大森城，再破金津城，過沒幾天又破丸森城與金山城，但伊達氏和相馬氏兩家未因戰果分出勝負，兩軍始終處於對立的狀態。

天正十二年（一五八四）輝宗鑒於伊達氏未來繼承人分成兩派，一為政宗派，一為義姬在幕後主導的小梵天丸派，為了停止家族分裂，輝宗決定退位，讓政宗繼任家督。雖經政宗多次諫止，但在群臣勸說後，十八歲的伊達政宗正式繼任伊達氏第十七代家督。

伊達政宗繼位後，決意跟周邊敵對大名交戰。第一步先逼迫立場反覆不定的大內氏投降，當主大內定綱在蘆名氏的支持下拒絕政宗威脅，政宗大舉進攻，發生「小手森城屠城」事件。深覺危機重重的義繼為求自保，終在天正十三年（一五八五）前往晉見伊達輝宗，二本松義繼突然發難脅持伊達輝宗，藉此逼迫伊達氏讓步，伊達政宗未從，下令向義繼部隊射擊，結果義繼和輝宗二人在鐵炮射擊下喪命，是為「粟の巢の變」。

其後，政宗開始鎮壓叛變的大內定綱，且於天正十七年（一五八九）在「摺上原の戰」

先後將蘆名氏和二階堂氏消滅。此時，伊達氏的勢力已滲入整個會津及奧州，伊達政宗開創了比父祖更大的伊達氏版圖，當時領地約一百二十萬石。

天正十八年（一五九〇），豐臣秀吉出兵後北条氏小田原城，下令伊達氏派兵協助，伊達政宗欺瞞秀吉，未作決定，幸而在軍師片倉景綱提醒下，部隊終於出發，秀吉本欲處死伊達政宗，豈料政宗使出苦肉計，令軍兵全身著白色裝束上陣，以表忠誠。死罪雖免，伊達氏卻失去會津一帶的領地。戰前，母親義姬因支持次子伊達政道，欲毒殺政宗，讓政道取而代之，不成，伊達政道被處死，義姬則在事件發生數年後離開伊達氏，前往兄長山形國大名最上義光的山形城。

伊達政宗在仙台市的墓所「瑞鳳殿」

伊達政宗年少得志，文韜武略風靡遠近，儼然東北霸主。比起征戰，他的外交才能尤為突出，不時密切關注如日中天的豐臣秀吉的動態。他採行結交豐臣秀吉周遭的大將德川家康、前田利家、豐臣秀次等為主要策略，這些人和伊達政宗的私交頗深，因此，伊達氏的信使總能在諸侯間穿梭無阻。

伊達政宗的好口才，史上聞名。一五九五年，豐臣秀吉以關白秀次有謀反嫌疑，將他流放到高野山，且命他切腹自戕。秀次自盡後，又將妻妾子女共三十九人一起集中在京都三条河原株連處死。適巧，伊達政宗曾送給關白秀次一匹栗毛名馬，關白秀次在感謝信裡寫下要伊達政宗到京都的話語。伊達政宗的好友全宗得悉此事，祕密催促他趕緊前往大阪。趕到大阪後的伊達政宗，在豐臣秀吉面前巧妙地為自己辯護道：「殿下有兩隻好眼都看錯了關白秀次，我等只有一隻眼睛，看錯秀次豈不理所當然？」再加德川家康、全宗等人從旁說情，這一回，伊達政宗總算從鬼門關揀回性命。

伊達政宗畫像（月岡芳年繪）

瑞鳳殿內的伊達政宗坐像

提及伊達政宗的獨眼，有一回，豐臣秀吉和德川家康問起他右眼失明的事：「你的右眼跑到哪裡去了？」伊達氏率直回答：「小時候爬到樹上玩，不小心掉了下來，右眼跟著跑出來，我便把它當顆葡萄，吞到肚子裡去了。」把眼疾說成吞到肚子裡的葡萄，後來演變成伊達政宗經典的軼事。

天正二十年（一五九二），伊達政宗受豐臣秀吉之命，派兵三千出征朝鮮，三月抵達護屋，三年後獲准返回日本。慶長四年（一五九九）將嫡女五郎八姬嫁給德川家康六子松平忠輝，從此跟德川家康攀親帶故。「關原之戰」雖無直接參與本戰，但因支持東軍，在「長谷堂城の戰」接受最上義光求援，派遣伊達輝宗的同母胞弟留守政景支援，使得上杉氏的直江兼續無法攻下長谷堂城。

「關原の戰」德川軍取得勝利，伊達政宗的領地因而得以保留。德川家康原安排政宗成為一百萬石大名，但因被揭發煽動和賀忠親對南部氏進行一揆，最後僅增封六十二萬大名，成為仙台藩藩主。隨後，伊達氏立即興築原為山城的仙台城及城下町，且在山下設置城下町，專心建設仙台，可見其統一天下之意仍舊雄心勃勃。

豐臣秀吉死後，伊達政宗參與由德川軍對付豐臣軍的「大坂冬の陣」及「大坂夏の陣」等戰役，全面展現伊達氏的戰鬥力。政治方面，伊達氏更於慶長十八年（一六一三）派遣家臣支倉常長前往羅馬，與羅馬教廷使節會面、交流達七年，成功的在國外進行商業貿易，此舉，不僅宣揚日本國威，也適時將仙台帶進經濟繁榮的盛世。

德川幕府成立後，伊達氏曾多次上京供奉。寬永十三年五月（一六三六），已然隱居的伊達政宗於江戶因食道癌病逝，享年七十歲，臨終前，德川幕府三代將軍德川家光親自探望，數日後驟逝，家臣十五人及陪臣五人殉死。法名「瑞巖寺殿貞山禪剎大居

仙台市鬧街一番町

士」。伊達政宗往生後，二代藩主伊達忠宗蓋了座華麗莊嚴的瑞鳳殿，安葬政宗；瑞鳳殿是由正殿、拜殿、唐風大門、御供所、涅槃門，依桃山文化建築風格而建。曾說過「願早生二十年，成就如信長公霸業」的獨眼將軍伊達政宗，雖有志向作為，卻難逃生不逢時的厄運，一生死守仙台。

東鄰太平洋的「學都仙台」

宮城縣仙台市

仙台為「獨眼龍將軍」伊達政宗的領地，伊達家族以「青葉城」為根據地，在此建立富有藝術氣息的城市，城下町因而跟著繁榮起來。所以仙台市又有「學都仙台」、「樂都仙台」之稱。

伊達政宗一手打造的青葉城，其遺址現已改建成市民公園，廢城遺跡「天守台」之前，矗立有伊達政宗躍馬持戟的銅像，這裡是眺望仙台市的最佳據點，由城上俯瞰仙台市夕照，別具詩情畫意。

從仙台車站前，向西延伸的櫸樹林蔭大道被暱稱「森林の街」，是仙台市主要街道「青葉大道」。中央大道與青葉大道平行延伸，並與一番町大道交叉成商業地區，商家林立，蔚為鬧街；中國作家魯迅曾在此留學、台灣著名學者、翻譯作家林水福教授亦曾就讀仙台市東北大學。

仙台著名的土產為「魚板」，七夕館旁可見現做現賣的新鮮魚板工廠。其他尚有仙台城跡、大崎八幡宮、定禪寺、仙台市博物館等景點。

地景位置

宮城縣廳仙台市。

仙台城跡公園的
伊達政宗半身雕像

青葉城公園的伊達
政宗雕像

伊達家族根據地
「青葉城」

七夕館千羽鶴流蘇輕飄

仙台市七夕館

仙台頗負盛名的「七夕祭」，是東北地區夏日四大祭典之一，慶典日期為八月六日到八日。

為了傳揚七夕銀河相會的故事，七夕節當日，仙台市中心、東一番丁、車站前的商店街，幾全沉浸在成千上萬支用色彩多樣的和紙編製成的短冊、流蘇、千羽鶴等七種不同樣式的掛飾，張懸成慶典特徵。

十公尺長的粗綠竹上，高高懸掛五彩千羽鶴、巾著、吹流等豪華絢爛的飾品，幾乎可以垂到地面。慶典來臨的數個月前，仙台市

收藏七夕節「巾著」和「千羽鶴」等紙飾品的七夕館

地景位置

仙台市若林區鶴代町。從JR仙台車站搭乘汽車約二十分鐘可達。

民早已動手準備這些紙飾，每一支掛彩的用紙不少，價格從數十萬到數百萬円不等；重重疊疊的多色掛飾，隨風輕飄，那些使用纖細和紙作成的裝飾品，象徵織女織線的「吹流」、獻給織神的「紙衣」、象徵豐漁的「投網」、放七夕紙屑的「屑籠」，以及用來祈願的「短冊」、「巾著」和「千羽鶴」，色彩華麗繽紛得令人目不暇給。

接連三天，從黃昏五時到七時，在定禪寺通展出，並有陣容浩大的花車遊行，以及精彩的舞蹈音樂演出；七夕祭開始的前一晚，還會舉行花火大會，傳統意味濃厚的「仙台七夕祭」，每年吸引近兩百多萬遊客前往參加，盛況空前。

無法親睹仙台市七夕節盛典活動，何妨從七夕館展覽廳高懸的七夕掛飾裡，想見牛郎與織女在鵲橋相會的美麗傳說。

仙台以七夕節聞名，五彩斑斕的紙飾品，被垂掛在七夕館裡，著名的鐘崎魚板館就在七夕館旁。

高高懸掛五彩千羽鶴、巾著、吹流等豪華絢麗紙飾品的七夕館

仙台市著名的鐘崎魚板館就在七夕館旁

今宵荒城明月，照我獨徬徨

仙台市晚翠草堂

〈荒城の月〉作詞者土井晚翠出生仙台市

仙台市青葉區大町，開館時間九時到十七時。

「會津の戰」白虎少年隊為了護鄉顧城而跟政府軍對抗，壯烈犧牲後，舊城淪為荒煙蔓草。以造化遞嬗的鶴ヶ城為創作背景的著名歌謠「荒城の月」，所述「鶴ヶ城」即「會津若松城」，是伊達政宗出生地出羽米澤，他的父親曾擔任出羽米澤城主。

「荒城の月」作詞者土井晚翠，明治四年出生仙台市，著名詩人、作家、英文學者和翻譯家。自幼受父親影響，學習漢文，又跟英語學者齋藤秀三郎學習英語，二十四歲時，進入東京帝國大學就讀英文，求學期間曾是《帝國文學》雜誌的編輯委員，經常在雜誌上發表作品。代表詩集有：《天地有情》、《曉鐘》等，翻譯作品有：《英雄論》。

為了紀念一八七一年出生仙台的土井晚翠，當地政府仿傚唐代的「杜甫草堂」，在他的故居重建晚年宅邸「晚翠草堂」。草堂位於青葉區大町，占地面積雖小，僅兩間房，另有小花園，卻極具日式傳統建築風格。草堂內陳設土井晚翠的著作，以及家庭生活照片，房內擺設有詩人當年寫作使用過的矮桌，供旅人懷想土井創作情景。

曾列入日本五年制中學音樂課本教材，人人都能琅琅上口的歌謠「荒城の月」，小林旭演唱。後因歌詞過於深奧難懂，幾經編委研議，撤出課程教材；但悲涼而感人肺腑的曲調依舊流傳民間。台灣流行歌壇也曾改編這首同名歌謠，由台語歌王文夏、歌后紀露霞合唱。

荒城の月〈原詞〉

春高楼の　花の宴　めぐる盃　かげさして

千代の松が枝　わけいでし　むかしの光　いまいずこ

秋陣営の　霜の色　鳴き行く雁の　数見せて

植うるつるぎに　照りそいし　むかしの光　いまいずこ

今荒城の　夜半の月　かわらぬ光　たがためぞ

垣にのこるは　ただかつら　松に歌うは　ただ嵐

天上影はかわらねど　栄枯は移る　世の姿

写さんとてか　今もなお　嗚呼荒城の　夜半の月

經過重建的土井晚翠故居「晚翠草堂」

坐落在仙台市仙台城址的土井晚翠半身像

晚翠草堂庭園

晚翠草堂內部廊道

綠水亭浪漫的篝火之湯

仙台市綠水亭溫泉飯店

位於仙台市太白區秋保町的秋保溫泉，自古以來便與兵庫縣的有馬溫泉、愛媛縣的道後溫泉並稱日本三大名湯。秋保溫泉距離仙台市僅二十四公里，交通便利，是宮城縣人氣最旺的溫泉鄉之一。

綠水亭為秋保溫泉區最大型的溫泉飯店，占地廣達三萬坪，飯店外面構築有優雅的日式庭園、相會橋，以及一座東北地區最大的露天溫泉「篝火の湯」。室外溫泉池被層層綠蔭包圍，石塊砌成的五十層階梯，兩旁遍插篝火，熱氣騰騰揚起，充滿誘人的浪漫風情，赤身裸露在寬敞的湯池裡浸泡，使人有徹底解放身心、釋放壓力的舒暢感受，且於冷熱交織的溫泉水中，享受身體冒起一陣陣熱氣的快意。

綠水亭篝火溫泉區
充滿「祕境」情趣

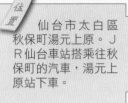

地景位置

仙台市太白區秋保町湯元上原。ＪＲ仙台車站搭乘往秋保町的汽車，湯元上原站下車。

仙台市綠水亭溫泉飯店

綠水亭擁有三間露天風呂的特別客室，「滿天の夢」、「浪漫の祭」和「銀河の輝」。除了能在專屬的露天風呂中徜徉，窗前還特別設置望遠鏡，讓旅人觀賞漫天星斗，遊客在屬於完全私密的靜謐空間裡，可愉悅自在享受不被打擾的心情。

露天泡湯，只為貪戀那一點在寬廣而開放的戶外湯池裡，與日月共融的明快感動。

綠水亭篝火溫泉區別具特色

海鷗飛處松島灣

宮城縣松島灣

位於宮城縣的松島灣，風平浪靜時的海面，浮現兩百六十餘座奇兀聳峭的小島，島上蒼松成林；蔚為奇觀的鷗群，飛翔天際，使人如置身蓬萊仙境。松島一地因嶙峋峭拔於海灣的小島，長有蒼松而得名，其壯觀、麗觀、幽觀和偉觀的模樣被稱「松島四大觀」。

松島面臨松島灣，海岸線壯闊無比，極盡視覺之美。大大小小的島嶼在水氣迷霧裡顯現無比詩意。古稱「八百八島」，與京都的天橋立、廣島的宮島，列名日本三大景。

天成秀麗的
松島灣畫景

走上棧橋，搭乘汽船，出海環繞松島灣，船行穿梭於兩百六十座大小島嶼之間。一旦船隻緩緩駛離碼頭，海鷗成群結隊的尾隨啪啪啟航的汽船，緊跟不離；那飄逸英姿的海鷗，把松島的扇谷、富山、大鷹森和多聞山等小島的景致編織成一幅天成秀麗的生動畫景。

地景位置

搭乘 JR 東北本線到松島車站，或 JR 仙石線松島海岸車站，均可到達松島。

「日本三大景」之一──松島灣石碑

松島灣碼頭

足智多謀平忠盛

松島灣美麗的景色

《奧の細道》五大堂

松島五大堂

位於松島灣乘船岸邊的五大堂，是東北地區具有千年歷史的文
化建築，更是松島象徵性地標。木造屋頂為單層造型，屋身結構以
木造木雕相應；四周遍植青松，堂前掛一晨鐘，樸實肅穆。

八〇七年，五大堂即已建成，後來，慈覺大師將五大明王像供
奉在堂中，五大堂的「五」字即由此而得；堂內頂部繪有十二生肖像，
堪稱藝術傑作。現今的建築物為伊達政宗於一六〇四年改建。

伊達政宗召集當代著名工匠，結合桃山建築文化精華，改建富
於傳統藝術美感的五大堂殿，同時在步道邊造築一座叫「間隙橋」

由伊達政宗改建，
具有千年歷史的五
大堂

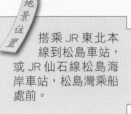

地景位置

搭乘 JR 東北本
線到松島車站，
或 JR 仙石線松島海
岸車站，松島灣乘船
處前。

的朱紅色結緣橋，這是一座能看到橋下景物的木橋，橋旁立有俳句詩人松尾芭蕉《奧の細道》的木牌。

每三十三年舉行一次特殊儀式時，才向公眾開放的五大堂，已被登錄為日本重要文化財，並列為文化保護財。

位於松島灣乘船岸邊的
五大堂「間隙橋」

屋身結構以木造木雕相應的五大堂

鄰近五大堂的松島城

禪宗寺院建築的瑞巖寺

松島瑞巖寺

象徵日本建築風格
禪宗寺院的瑞巖寺

松島五大堂前
方不遠處。

　　面臨松島灣屹立的瑞巖寺，建於八二八年，是一座象徵當代日本建築風格的禪宗寺院，由慈覺大師圓仁創建。一六〇四年，「獨眼龍將軍」伊達政宗把這座禪寺以家廟方式規劃設計，調集日本各地約一百三十位著名工匠，從熊野運送頂級木料，費時五年重建完成，是旅遊松島必訪的歷史景點。

　　莊嚴肅穆、幽靜怡然的瑞巖寺，除了傳統的禪寺建築之外，寺院庭園的步道建有洞窟，洞窟內擺設觀音佛像，供人膜拜；洞窟旁另立有紀念俳聖松尾芭蕉的俳句碑。

瑞巖寺義經堂設立的松尾芭蕉俳句碑，寫道：「朝よさを誰まつしまぞ片心」（日日夜夜 我的心都掛念著松島 或許等待我的人就在那裡），以及弟子河合曾良的俳句碑：「松島や 鶴に身をかれ ほととぎす」（松島啊 讓我有如白鶴般 飛越松島灣）。

修禪洞旁矗立俳聖松尾芭蕉的俳句碑

瑞巖寺庭園建有修禪洞窟

瑞巖寺鰻塚

伊達政宗波瀾萬丈的生涯

宮城縣伊達政宗歷史館

　　依循松島灣海岸線而行，「伊達政宗歷史館」就在不遠處，這座歷史文物館是透過蠟像方式，呈現第一代仙台藩主伊達政宗畢生事蹟的歷史展示館。

　　館內設置了兩百多尊等身大小的精巧蠟像，分成二十五個場景，重現誕生、生長於戰亂、十六歲初上戰場、人取橋命運之戰、進攻小田原城時扮死參戰、仙台城築城、奠定仙台繁榮基礎等場景，充分展現伊達政宗波瀾萬丈的戰役生涯。

陳列仙台藩主伊達
政宗畢生事蹟的歷
史展覽館

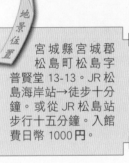

地景位置

　　宮城縣宮城郡松島町松島字普賢堂 13-13。JR 松島海岸站→徒步十分鐘。或從 JR 松島站步行十五分鐘。入館費日幣 1000 円。

宏偉氣派的「伊達政宗歷史館」，除了
陳列伊達政宗的相關蠟像之外，還彰顯出生
或養育自東北的棟方志功、宮澤賢治、野口
英世、太宰治等五十位名人的蠟像。

歷史館以宮城縣吉祥物むすび丸（飯糰
君）為裝飾主軸，益發生動活潑，撩人趣味。

前往成立超過二十五年的「伊達政宗歷
史館」，猶如閱覽伊達政宗一幕幕精采的歷
史陳跡。有趣、好玩。

伊達政宗出生展覽室

伊達政宗習武展覽室

展覽館內的伊達政宗騎馬蠟像

伊達政宗著白色裝束上陣，以表對豐臣
秀吉忠誠

伊達政宗 •
歷史旅行の名景名產

1. 仙台市

　　仙台市的名物「魚板」、「牛舌」，其味好似台灣天婦羅，稍乾，味鮮可口，鐘崎魚板最富盛名，參觀七夕館時，可在館旁的「鐘崎屋御蒲鉾」購買，價位不高，供當伴手禮。

　　仙台燒牛肉頗富盛名，到仙台旅遊的台灣旅行團大都安排有牛肉餐點。

戰國武將

242

歷史之旅

七夕館華麗的紙飾品

仙台市的名產鐘崎魚板和牛舌

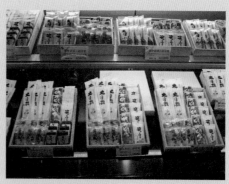

仙台市的名產魚餅

仙台市名產伊達政宗啤酒

仙台市的名產鐘崎魚板

2. 松島灣

　　到「伊達政宗歷史館」參觀，可
購買伊達政宗頑馱無（組裝玩偶）。

第九話

西國第一智將毛利元就

家臣被殺、
身為主人理應幫他報仇，
　　這可是君臣之義啊！
　　　　　　——毛利元就

求得知己便如遲開的櫻花

一四九七年出生吉田郡山城（今廣島縣高田市）的毛利元就，是戰國初期中國地方大名，幼名松壽丸，另名少輔次郎。家系為大江廣元四男毛利季光祖先，父親毛利弘元是安藝國人眾郡山城主。

據傳，元就的母親孕懷他時，夢見能樂舞台的邊柱長出鷲的羽毛，父親聽後請來陰陽師占卜，陰陽師告訴弘元：「那個夢是吉祥的象徵，未出世的孩子是個男丁，將來必會成為西國霸主。」這番話語給當時僅領有吉田地方三千貫的弘元帶來極大震驚，他擔心陰陽師所卜之言恐將引起無端風波，遂命其閉嘴。明應九年（一五〇〇），弘元將家督位置傳給長子興元，帶著年僅四歲的元就，從吉田莊遷移到西北的多治比猿掛城居住。

文龜元年（一五〇一），三十四歲的母親去世；永正三年（一五〇六），元就十歲時，父親弘元也跟著病逝。根據遺命，元就雖繼承了猿掛城三百貫領地，但後來都被監護人井上元盛霸占，元盛趁興元出兵京都時，把元就從猿掛城趕走。

毛利元就畫像

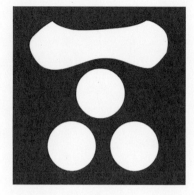

不久，私自侵占多治比猿掛城的井上元盛猝死，早就對元盛專橫作為不滿的家臣，將多治比領地還給元就，暫由家臣託管。

據稱，元就十二歲時，曾帶領隨從參拜安藝的嚴島神杜，歸途，元就問隨從：「你剛才祈禱什麼？」「祈禱小主人成為優秀的家主，快一點當上安藝國主人。」隨從答。元就聽後，一臉不悅的說：「安藝的主人？真是愚蠢。為什麼不祈禱我成為天下的主人？」隨從一邊為主人出言聳人聽聞，一邊提醒小主人說話小心：「對……但是，要先成為安藝國主，才能當天下主子。這是順序問題。」元就立即搖頭說：「不！祈禱成為天下主子，最後可能只實現安藝國主的目標。如果一開始就把目標放在安藝國主的位置，是永遠不會成為天下主子的。人一定要有遠大的志向！」

十五歲那年秋天，元就元服，並改名多治比少輔次郎元就，終成名副其實的猿掛城城主。

大永三年（一五二三）元就繼承家業成為家督。最初跟隨尼子經久，後又跟隨大內義隆。天文九年（一五四〇）擊退尼子晴久入侵，又把三子隆景過繼給小早川氏、次子元春過繼給吉川氏當養子，勢力逐漸伸展到安藝國。一五五一年大內義隆被家臣陶晴賢推翻，一五五五年，「嚴島の戰」元就消滅陶氏，確立了橫跨周防、安藝兩國的霸權。接著，又進兵備後國、備中國、石見國，並消滅出雲國的尼子氏，逐漸成長為擁有中國地方十國，並領有豐前國、伊予國一部分的戰國大名。

毛利元就曾以「折箭」訓誡毛利隆元、吉川元春、小早川隆景三個兒子要情同手足、一心團結，他說：「一支箭易折斷，但三支箭結合起來就很難折斷。」示意三兄弟要同心協力，如三箭合起來，變得堅強。史稱「三矢の盟」。

後來，嫡長子毛利隆元過世，元就一度暈倒，連續三天三夜哭個沒停，意志消沉的說：「想早點死去，好前往隆元的地方。」

毛利元就非常重視家臣的團結精神，以及對毛利家的忠誠，據說，曾有一位家臣膝部中了毒箭，傷口化膿，有斷腿之虞，毛利元就聞訊後，二話不說，俯下身，吸吮家臣傷口的毒液和膿水，再將之吐出，家臣為元就的行為感動不已，當場淚流滿面。

毛利元就領導安藝毛利氏從小據點發展成統治中國地方十個分國的勢力，領地一百二十萬石。他以離間計聞名，後人稱其為「謀將」、「謀神」、「知將」、「戰國第一智將」，與出雲的尼子經久和備前的宇喜多直家合稱「中國地方三大謀將」。

元就晚年時，身體衰弱，曾找來足利義輝的醫師曲直瀨道三治療，且成功康復。一五七一年六月卻因食道癌病逝吉田郡山城，享年七十五歲，安葬今廣島縣高田郡吉田町郡山城內洞春寺，法名「日賴同春大居士」。

毛利元就病故時，上杉謙信僅四十一歲，武田信玄五十歲，明智光秀四十三歲，織田信長三十七歲，豐臣秀吉三十五歲，德川家康二十九歲，石田三成也只有十一歲。從戰國爭戰軌跡來看，如果

位於廣島市吉田郡山城跡毛利元就的墓地

毛利輝元畫像

毛利元就晚生三十年，憑他的實力與智慧，戰國歷史一樣得重寫過。

元就生前對於版圖擴充十分謹慎，他的遺言，不要求後輩統一天下，反而要子孫繼續領導家族，穩住全日本六十國其中的五分之一，保持長久的榮華富貴。另方面，有鑑於父親弘元及兄長興元因酗酒早逝，元就決定不喝酒，並對嫡孫毛利輝元以書信下達禁酒令。

毛利輝元出生於一五五三年，是長州藩第一代藩主，父親毛利隆元是祖父毛利元就最疼愛的兒子。幼名幸鶴丸，於毛利隆元和毛利元就死後，成為家督，開始對織田信長宣戰，直到一五八二年，才與豐臣秀吉和解，積極協助秀吉在四國征伐、朝鮮之役擔當先鋒。他的領地有一百二十萬石，叔父小早川隆景死後，接續為豐臣秀吉五大老之一。

關原之戰，受石田三成之邀，成為西軍總大將，駐守大阪城，輔佐豐臣秀賴，向德川家康宣戰，總兵力九萬五千人，由毛利秀元擔任毛利軍總指揮。西軍敗北後，跟德川家康有內應的吉川廣家求情，雖保住領地，卻由廣島城一百二十萬石減至長門國萩城三十七萬石。不久，將家督傳給長男毛利秀就。

作為戰國第一流謀將，毛利元就驅使卓越的戰略，堅持徹底的現實主義，縱橫於戰國亂世之中。他且以「三矢の盟」的軼事聞名歷史，以「西國第一智將」等美名流芳後世，毛利元就、小早川隆景、毛利十八將、毛利輝元等毛利氏及其家臣，在戰國史上都占有重要地位。

與朝鮮對戰的後盾據點

廣島市廣島城

一五六八年，西國大名毛利輝元的祖父毛利元就有意在廣島城平野郡築城，卻未如願完成。一五八九年，豐臣秀吉即將統一天下的前一年，毛利輝元為了經濟發展，除了據守吉田郡山城，又在太田村三角州進行築城工程；豐臣秀吉曾派大名黑田長政到此教授築城技術，希望這座城堡能成為與朝鮮對戰的後盾據點，未久，廣島城終於在豐臣秀吉去世後的一五九九年建造完成。

日清戰爭期間，山陽鐵道延伸至廣島，加上宇品港（現稱廣島港）可停泊大型船艦，日方總司令部隨即從東京遷往廣島城；一八九四年夏末至翌年春末，明治天皇進駐廣島城，帝國議會也於城內召開，廣島城正式作為軍事基地，並充當日軍後勤單位，暫時

廣島城山門

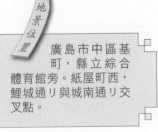

地景位置

廣島市中區基町，縣立綜合體育館旁。紙屋町西，鯉城通リ與城南通リ交叉點。

廣島城於一五九八年豐臣秀吉去世後翌年建造完成。圖為從護城河畔遠眺雄偉的廣島城

取代東京的首都功能，成為軍都，直到二次世界大戰結束前，廣島實則為日本首都。

廣島城天守閣於一九三一年被指定為國寶，一九四五年八月六日遭美軍原子彈襲擊，強烈的爆風、爆壓和輻射，使大半建築瞬間摧毀成灰燼。一九五八年復以鋼筋構築，重建完成，一九九四年二丸平櫓、多聞櫓、太鼓櫓及表御門相繼復原，廣島城才又恢復昔日風貌。目前城堡內的設施有廣島護國神社、中國放送、池田勇人首相銅像以及廣島市中央排球場。

天守閣現為歷史文物博物館，內部陳列廣島的歷史發展、毛利氏、武士家族文化資料，以及照片及影片簡述廣島從遠古到廣島城的興建過程。三、四樓分別是刀劍類及特別主題展覽室，五樓為瞭望台。每年春季櫻花盛開，廣島城公園吸引賞櫻遊客到訪。

廣島城公園，寧靜得宛如一座聲息安詳的森林，繞經護城河，走過護國神社，一路嗅覺林園傳來清新的空氣，不覺使人感到舒暢不已。

「小男孩」掉落到廣島

廣島市原爆紀念館

一九三〇年代的日本國策，是建立在沒有獲得穩定的自然資源供應之前，不便與歐洲強權對抗，但為了取得資源，又必須挑起一場自知無法獲勝的戰爭。侵華戰爭、在滿洲建立傀儡政權，都與日本的終極目標一脈相承；日本在戰爭中堅持這種不得人心的作法，令國內不少政治精英，意識到將會為國家帶來一場自取滅亡的禍害，但誰都無法、無能制止，因為，提出異議者，必遭法西斯式的祕密社團發動暗殺行動，威脅生命安危。

直到美國空軍 B-29 超級堡壘轟炸機「艾諾拉‧蓋」經過改裝，攜帶一枚名叫「小男孩」的核武原子彈，投擲到廣島市，引爆約十四萬人死亡，軍國主義的政體頓時無依，國家差些滅絕。

沒有人能確定到底有多少人真正在原爆中喪生；七萬六千棟的建築，約有七萬棟被夷為平地。這場慘絕人寰的事件，使廣島遭受毀天滅地的破壞。這是美國原子彈首次應用於軍事行動，並促使廣島和長崎相繼遭受原子彈無預警的襲擊，逼迫日本在第二次受襲後的第六天向盟軍投降。

原子彈爆炸後，廣島被重建為「和平紀念都市」，目前僅存最接近引爆中心，一棟名叫「原爆圓頂屋」的舊商社建

地景位置

廣島市中區，紙屋町相生通り，原爆館站，元安川畔。

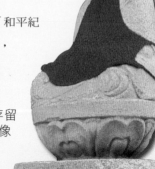

原爆後，奇蹟似存留下來的地藏王菩薩像

築，供人憑弔。

原爆圓頂屋原是廣島縣產業促進館，由捷克建築師設計，當年，那顆「小男孩」原子彈，在這棟建築物上空約六百公尺高的位置爆裂，原子彈落地時，爆炸中心附近的建物全被炸毀，這棟圓頂產業促進館無人倖存，徒留一部分頹圮的牆壁，勉強屹立。後來，原爆圓頂屋被當作該起事件的紀念物，獲得保存，並列入世界文化遺產。

燃燒和平之火的水池

從元安川畔看
「廣島原爆圓頂屋」

元安川畔的和平紀念公園

原爆和平紀念公園

原爆和平紀念公園
的祈願和平雕像

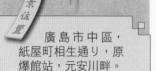

廣島市中區，
紙屋町相生通り，原
爆館站，元安川畔。

一九四五年八月六日，廣島市成為世上第一顆原子彈爆炸地，整座城市毀於一旦；屋頂被燒彎，鋼筋裸露，外牆塌落半毀的「原爆圓頂館」，坐落在被認為是「悲劇城市」的廣島市元安川畔，與和平紀念公園咫尺相對，這幢遭受原子彈摧毀的建築，後來成為廣島的象徵，多年來，世人習慣將廣島和原爆聯想在一起。

一九一五年建成的廣島縣產業促進館，遭受原子彈轟炸後，鄰近的建物無一倖存，唯這幢歐式樓房以及一尊地藏王菩薩像，倖免於難。

一九五四年四月一日落成，由丹下健三設計建造的和平紀念公園，位於太田川和元安川兩條河流之間，隔著元安川與原爆圓頂屋對望。公園裡闢建有和平紀念資料館、和平紀念碑、憑弔原子彈受害者供養塔和慰靈碑，以及燃燒和平之火的水池。

後來，人們發現，美國在廣島投下第一顆原子彈後，一種名叫「文殊蘭」的白花，奇蹟似的存活下來，因此，當地人便將文殊蘭稱為「和平の花」，象徵人類生生世世追求永遠和平，不再為侵略謀奪而爭戰。

每年八月六日，原子彈著地爆裂的上午八點十五分，園區的和平鐘聲響起，市民在儀式會場、家庭、辦公室，集體為死難者默哀一分鐘。晚間，則在流經原爆圓頂屋的元安川等六條河川舉辦點燈

漂流活動，慰藉亡靈。

　　到原子彈之子的雕像前摺紙鶴為和平祈福，到安置和平之鐘的荷花池畔，聽鐘聲敲響《涅槃經》：諸行無常，是生滅法，生滅滅已，寂滅為樂的梵音，並祈禱世人和平的聲聲偈語。

原爆和平紀念公園的母背子雕像

原爆和平紀念公園的梵鐘

廣島原爆和平紀念公園

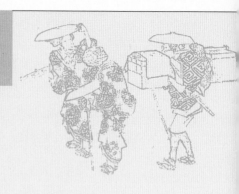

廣島市電車的車廂
景觀

1. 廣島市

　　廣島燒、牡蠣和楓葉饅頭是廣島市的名物，到廣島旅遊可品嘗牡蠣便當，口味鮮美，好吃至極。廣島燒更不容錯過。

　　廣島市除原爆紀念館，和平公園之外，日本三景之一的「安藝宮島」被指定為歷史古蹟，島上坐落「嚴島神社」，屬於國家重要文物，聳立在海上的「大鳥居」，成為宮島的象徵，值得一遊。

　　廣島縣被大海高山環抱，縣內自然景觀資源豐富，瀨戶內海國立公園、比婆道後帝釋國定公園、西中國山地國定公園等，景色優美，可搭乘汽船遊覽。

搭乘廣島市電車真有趣

廣島原爆紀念塔

可口好吃的廣島燒

寧謐的廣島城公園

西國第一智將毛利元就

第十話 肥前大名鍋島直茂

不管是再如何堅固的城，
它會不會被攻落，
完全是取決於大將的心理。

——鍋島直茂

學習別人好的辨別力，
　作為自己的辨別力

一五三八年出生佐嘉郡本庄村的鍋島直茂，幼名彥法師，別名鍋島信生。仕於肥前（今佐賀縣、長崎縣一部分）龍造寺氏的家臣。父親鍋島清房。直茂育有兩子四女，包括勝茂及忠茂。

鍋島直茂畫像

四歲時，因為清房的主君龍造寺家兼的命令，直茂成為九州千葉氏千葉胤連的養子。一五四五年，少式氏殺害龍造寺家定，家兼逃亡，養子的關係因而取消。家兼過世後，龍造寺氏由隆信繼承，隆信將慶闇尼納為清房繼室，直茂便成為隆信的契弟，並得到隆信的信任，兩人之間的感情深厚。

一五七三年發生大友氏與龍造寺氏衝突的「今山の戰」，是年，大友宗麟欲討伐在肥前國勢力逐漸壯大的龍造寺隆信，便派遣弟弟大友親貞率領六萬大軍進攻龍造寺領地，隆信僅集結五千兵力防衛佐嘉城（佐賀城）。

大友軍雖擁有壓倒性的兵力，但龍造寺軍兵的士氣高昂，使得大友軍久攻不下，對此，人在筑後國的大友宗麟派遣援軍給親

鍋島直茂的家紋

貞並下達總攻擊令。總攻擊前一晚，親貞認為此戰過
度容易，便提前舉辦勝利酒宴。知道這事的龍造寺
軍武將鍋島直茂向主公隆信提議，對大友軍在今山
本陣進行夜襲；一開始，隆信強烈反對，後來在隆
信的生母、直茂的繼母慶誾尼的勸說下同意。直茂率
領奇襲部隊抵達大友軍今山本陣後方守候，清晨立即對
大友親貞進行奇襲，親貞在混亂中被龍造寺家臣成松信勝
砍死，大友軍潰散，傷亡人數超過兩千餘人。

　　大友軍雖在戰役中敗北，但本隊依然健在，後來，龍造寺氏與大友氏議和，大友氏同
意撤軍，家臣鍋島直茂、成松信勝因此戰而聲名大噪。此戰被喻為九州版的「桶狹間の戰」。

　　一五八四年，龍造寺隆信在「沖田畷の戰」陣亡，直茂積極輔助政家，雖曾一度屈服
於島津氏之下，不過，豐臣秀吉準備討伐九州的島津氏，使直茂轉為支持秀吉。

　　織豐時代以後，鍋島氏勢力逐漸抬頭，豐臣秀吉出兵朝鮮，由鍋島直茂負責督軍，龍
造寺氏的實權也由他掌控，直茂被豐臣秀吉允許成為大名。

　　一六〇〇年關原之戰的「伏見城の戰」，鍋島直茂的長男勝茂支持西軍，要求伏見城
守將鳥居元忠開城投降，鳥居元忠拒絕。西軍攻城，由小早川秀秋、島津義弘、毛利秀元、
宇喜多秀家、鍋島勝茂等人負責先鋒，守城兵力只有一千八百名。然，伏見城是豐臣秀吉
生前所建造最堅固的要塞之一，所以攻城難度相當高，直到後來，西軍成功找到內通，放
火燒城，突破松之丸，鳥居元忠戰死。

　　「伏見城の戰」戰敗後回到九州，鍋島勝茂轉而與父親直茂出兵攻打西軍的立花宗茂，
使他們可以繼續保有領地。一六〇七年龍造寺家茂過世，由鍋島勝茂正式掌權。

　　成書於江戶時代正德六年（一七一六），著名武士道精神的著作《葉隱聞書》，即由
佐賀藩第一代藩主鍋島直茂的子嗣鍋島光茂的侍臣山本常朝口述，武士田代陣基採用語錄
體形式，花費七年時間記述整理，以山本常朝有關武士涵義的言論為主，是日本最早論述
武士道的書籍。

舊名仙鶴港的長崎港

長崎市長崎港

　　舊名「仙鶴港」的長崎港，位於日本四島最西端、九州西北部，與朝鮮半島和中國最接近，距上海八百六十公里，對馬島距韓國釜山僅五十三公里，是日本和亞洲各國貿易交流站，古代是肥前國貧窮的海邊小港。中世紀的松浦地方、五島列島和對馬為海賊根據地，一五五〇年，葡萄牙船舶第一次登上平戶島，天主教也隨之傳來。

　　一五七〇年由大村純忠開港的長崎港，日後成為與葡萄牙進行貿易的港口，因此大量西洋文化傳入長崎。其後，荷蘭與明朝商人也來到長崎進行貿易交流。一六四一年以後，德川幕府鎖國自封，只允許長崎跟荷蘭和清朝通商，這種情況一直持續兩百多年。近代長崎的造船業繁榮昌盛，美國海軍基地位於長崎佐世保港。

地景位置

　　長崎市出島町，從長崎站搭乘往「正覺寺下」的路面電車，在「出島」下徒步兩分鐘。

自平安時代末年以來，長崎港即是日本和宋國貿易往來的重要港口

停泊在長崎港的唐船

從山頂遠眺長崎港景
色

長崎蝴蝶夫人悲戀物語

長崎市哥拉巴公園

「長崎蝶々さん」的故居改為「哥拉巴公園」，是以德川幕末蘇格蘭貿易商托馬斯・布萊克・哥拉巴的舊邸為中心，把分散在鄰近的西洋建築，如林哥、奧爾特等宅邸，遷築該處而形成的公園，又名「長崎明治村」，景色優美，據稱，幕末土佐藩士坂本龍馬常在這裡跟洋人貿易交流。

「哥拉巴公園」最著名的哥拉巴舊邸落成於一八六三年，面朝長崎港，是通商口岸建築的佳作，更是現存日本最古老的木製西洋建築。一九三九年被三菱船運公司買下，一九五七年三菱船運捐獻

地景位置

長崎市南山手町，大浦天主堂站下車，約三分鐘路程可達。公園開放時間八時至十八時。門票：成人 600 円。青少年（十五至十七歲）300 円。兒童（六至十四歲）180 円。

日本最古老的木製西洋建築物在哥拉巴公園

給長崎市政府；一九六一年被列入國家重要
文化財產。

　　園區設立有日本著名歌劇演員三浦環的
紀念像，多年來，她巡迴世界各地演唱「蝴
蝶夫人」歌劇，儼然成為蝶々さん代言人。
一般人印象中的「長崎蝴蝶夫人」，大都是
由米山正夫作詞和作曲，美空雲雀演唱，充
滿悲戀物語的演歌〈長崎の蝶々さん〉；歌
劇或演歌，無不深情的傳送蝶々さん為愛殉
情而自戕的悲劇。

　　公園裡還販賣有用咖啡粉手繪坂本龍馬
人像的「龍馬咖啡」，得趣不少。

歌劇「蝴蝶夫人」
著名演員三浦環
紀念雕像

長崎市哥拉巴公園是著名「長崎蝴蝶夫人」
的故事發生地

「胖子」傾圮教堂，終結戰爭

長崎平和公園

人類史上，第二次在戰爭中使用核武，發生於昭和二十年（一九四五）八月九日，由遠東地區美國盟軍對長崎市發動攻擊，當時，從上空投擲的原子彈，在天際翻滾成一朵巨大的蘑菇雲。Mk-3型的「胖子」原子彈爆炸後，時鐘指標停止在上午十一時二分，長崎市二十四萬人口，瞬間死傷達十四萬八千人，建物約有三分之一遭燒毀、破壞。市容全毀，肅穆的天主堂成為廢墟，屍首殘骸遍野，慘不忍睹。事隔一週的十五日，昭和天皇透過廣播，放送終戰詔書，第二次世界大戰宣告結束。

幾年後，長崎平和紀念公園隨之被建造起來，廣場中央矗立祈念像石碑，上刻紀念文，寫道：一九五五年的八

長崎平和公園巍峨的
銅雕人像

月，也就是長崎原子彈爆炸的十週年紀念，長崎市的公民建立了這座雕像，以紀念原子彈摧毀這座城市的事件。建立這尊雕像的目的，主要在呼籲『世界永遠和平』，並祈禱『悲劇永遠不再發生』。」

日本知名雕刻家 Seibo Kitamura 先生花費五年時間完成的平和銅像，高十公尺。銅雕人像的右手指向天際，意味「由天而降的核武威脅」；左手平伸，象徵「一片安詳與世界和平」；雕像體格結實、表情沉穩、雙眼緊閉，在在流露出對「受難者」的悲憫情懷。那盤起的右腳，代表「進入冥想」的境界；至於平穩垂放的左腳，代表持續對人類的慈愛心。

平靜廣場上，巍峨的雕像、折鶴の塔、長崎の鐘、平和の泉，為長崎平和公園平添幾許悵然，走在其間，史事鋪展眼前，歷歷可見。

長崎原爆資料館前的平和雕像

———

長崎原爆資料館前的祈願櫻花園

———

長崎平和公園銅雕人像兩側的折鶴の塔

春之祭典鬱金香

佐世保市豪斯登堡荷蘭村

以「豪斯登堡」聞名的佐世保市，位於長崎市西北方約五十公里處，西南邊瀕臨日本海，呈現藍天碧海的美麗景色；美軍基地緊鄰其間，益見美國風格的商店街。

豪斯登堡是模仿荷蘭建築、街道、運河所設立的遊樂場，景色特別，以致不少電視劇、電影、廣告常到此取景。它的前身是西彼杵郡西彼町的「長崎荷蘭村」，於一九九二年三月二十五日開業。

豪斯登堡運河上的
荷蘭船與住宿區

地景佐置

佐世保市搭乘
巴士或鐵道，
三十分鐘左右即可抵
達。

春天的豪斯登堡，有如一座被鬱金香淹沒的花海，喻為「春之祭典」的鬱金香，鮮紅、艷黃、粉紅等一百萬株來自世界各地的花卉，同時在豪斯登堡各個角落綻放。

　　園區內的鬱金香從春天的氣息中甦醒過來，搭配荷蘭風車為背景的鄉野風光，宛如置身歐洲風情，跟隨運河汽船賞遊城堡，使人迷醉的各式花卉，從前方、身旁撲了過來，花香四溢的芬芳滋味，充滿整座城堡。

　　夜間時刻，尚可在花叢裡欣賞「夢幻夜空」，配合旋律優美的音樂，那一朵朵射向天際，不同樣式的花火，把豪斯登堡的夜空點綴得格外絢麗。

　　景致典雅又不失高貴風格的豪斯登堡景致，如畫一般令人愉悅不已。

景致典雅的豪斯登堡
鬱金香花田與風車

豪斯登堡廣場的歐式教堂

鍋島直茂．歷史旅行の名景名產

1.長崎市

　　長崎港周邊的大波止，是個充滿綠洲氣息的水岸公園，有以流行服飾及特色餐廳為主的「夢彩都」百貨大樓、長崎「文明堂」蛋糕總本店、海產餐廳，以及時常上演音樂會的出島碼頭，是遊客最喜到訪的所在，逛街購物兩相宜。

長崎大浦天主堂

鮮味濃郁的
長崎海鮮麵

2. 佐世保市

　　豪斯登堡園區出售各類巧克力和熊娃娃，
宛如「迪士尼樂園」般熱鬧。

豪斯登堡出品的
巧克力禮盒

豪斯登堡商店販賣
的荷蘭木鞋

豪斯登堡熊寶寶專賣店

肥前大名鍋島直茂

圖片來源

LOCUS

LOCUS

LOCUS